Liebste Feder

Petra Zeil, geboren 1980, ist Doktorin der Theologie und hat außerdem Englisch, Französisch, Spanisch und Caritaswissenschaft studiert. Sie schaut sich gerne die Welt an und begeistert sich für Bücher und Sprache(n). Sie liebt es, Tagträume und Gedanken als Geschichten zu Papier zu bringen, und hat eine besondere Vorliebe für Reime.

Petra Zeil

Liebste Feder

Bibliografische Information der Deutschen Nationalbibliothek:
Die Deutsche Nationalbibliothek verzeichnet diese Publikation
in der Deutschen Nationalbibliografie;
detaillierte bibliografische Daten sind im Internet über
http://dnb.dnb.de abrufbar.

Illustrationen und Umschlaggestaltung: Petra Zeil

Herstellung und Verlag: BoD – Books on Demand, Norderstedt
ISBN: 978-3-7519-9893-2

Für die Nichten meines Lebens: Carolina und Cäcilia.

Für Bernadette,
der ich diese Geschichte am Telefon vorgelesen habe.

Für die Freundinnen seit meiner Kindheit:
Sandra, Cosima, Michaela, Ursi und Carina.

Für alle Liebenden, alle treuen Freunde
und alle Tierschützer.

Prolog

Wenn ich fliegen könnte
und den Tag frei hätte,
dann hielte mich nichts
im Grau dieser Stadt.

Ich flöge, bis ich ans Ufer käme,
an den alten Hafen am Stadtrand.
Und dann setzte ich mich
auf die Reling des ersten Schiffes,
das nach Süden geht
oder nach Norden.

Ich ließe mir vom Wind die Federn zerzausen,
atmete Freiheit und unverstellte Ideen,
genösse den Aufbruch,
die haltlose Freude,
das Nimmerwiederhier.
Hörte die Menschen reden
in allen Sprachen der Welt,
spürte Hoffnung,
wäre eine Reisende unter Reisenden,
würde mich noch eine Meile
oder eine Seemeile
tragen lassen.

Und mitten auf dem Meer
würde ich mit einem Flügelschlag
abheben,
fortfliegen,
in die Weite,
ins Leben,
in ein fernes Land.

Wenn ich fliegen könnte
und den Tag frei hätte.

Ich nehme mir den Tag frei
und lerne fliegen.

1
Wiederentdeckt

An einem Abend im Herbst – die Sonne war gerade unter-
gegangen – warf Aurelia Feder zufällig einen Blick in ihr
Herz und fand dort etwas Unerwartetes. Etwas, was sie dort
noch nie gesehen hatte oder was ihr zumindest noch nie aufge-
fallen war. Es war ein kleines Kästchen aus einem harten Mate-
rial, vielleicht aus Eisen. Oben hatte es einen kleinen Tragegriff,
und die Kanten waren mit geschwungenen Blechstreifen verstärkt, sonst war es schmucklos.

»Wo kommt das denn her?«, fragte sich Aurelia halblaut und
wunderte sich sehr. Sie nahm das Kästchen heraus, drehte es
um und suchte nach einem Schlüsselloch, fand aber keines.
Auch keine Schnallen und auch sonst nichts, womit man das
Kästchen hätte öffnen können. Es war fest verschlossen. Und
es war schwer. Aurelia stemmte ihre Finger in die Rille unter
dem Deckel und brach sich dabei einen Nagel ab. Sie zog und
schüttelte, rüttelte, klopfte und schimpfte leise vor sich hin, aber
das Kästchen blieb verschlossen. Ratlos stellte sie es vor sich

auf den Schreibtisch und betrachtete es lange. Und mit einem Mal kam ihr eine verschwommene Erinnerung, so undeutlich, als gehörte sie nicht ihr.

Oh, Aurelia!

Sie griff nach dem Kästchen, drehte es um und tastete an der Unterseite nach der Klappe. Ja, da war sie! Wenn man nicht wusste, dass sie da war, fand man sie nicht. Doch Aurelia hielt dieses Kästchen nicht zum ersten Mal in den Händen, das dämmerte ihr nun.

Eine kleine Bewegung mit dem Daumennagel, und die Klappe sprang auf. Darunter verbarg sich ein eisernes Rädchen. Mechanisch schlossen sich Aurelias Fingerkuppen um die winzigen Eisenzähnchen. Konnte das sein? Dasselbe Kästchen? Einmal nach links, zweimal nach rechts, fünfmal nach links, nach rechts, bis sie das leise Klicken hörte. Dann sprang der Deckel auf. Das Licht im Studierzimmer flackerte, Aurelia rang nach Luft, und das Kästchen fiel mit einem dumpfen Knall zu Boden. Jemand schrie.

2
Abendspaziergang am Meer

P rofessor Henri-Jonathan Staub liebte es, abends am Meer spazieren zu gehen. Die Hälfte der Fenster im alten Schulhaus, in dessen Dachgeschoss er seit Jahrzehnten lebte, überblickte die Bucht mit den Motor- und Segelbooten. Dort war das Meer meist friedlich, fast ein bisschen zahm, fand Staub, wenn er durch das Erkerfenster seiner Bibliothek blickte. Doch er musste nur ein paar Dutzend Schritte gehen, dann hatte er den Ortsrand erreicht. Dann ging es bergauf, und jedes Mal, wenn hinter den letzten Häusern die tosenden Wellen in Sicht kamen, blieb Staub einen Augenblick lang stehen und blickte wie verzaubert auf das offene Meer. Nun war es allerdings Herbst und schon früh dunkel, sodass Staub nichts vom Meer gesehen hätte, hätte an jenem Abend nicht gerade der Vollmond sein Licht auf das Wasser geworfen.

Staub war schon auf dem Rückweg zum Schulhaus und sah in einiger Entfernung den alten Steinturm vor sich, in dem seine frühere Schülerin Aurelia Feder wohnte. Der Turm stand ein wenig außerhalb des Dorfes und blickte beinahe mit dem Selbstverständnis eines Leuchtturmes aufs Meer. Aber er war der letzte Überrest eines Klosters, das es schon lange nicht mehr gab. Die Kapelle im Erdgeschoss des Turmes war noch erhalten. Sie hatte große Fenster aus buntem Glas, die geheimnisvoll schimmerten, wenn drinnen das Licht brannte. Von der Kapelle aus führte eine Wendeltreppe hinauf zu den beiden Stockwerken, die Aurelia bewohnte.

Ach, Feder! Wieso bist du hierher zurückgekommen? Warum bist du nicht in der großen Stadt geblieben und hast getan, was ich dir beigebracht habe? Aus dir hätte etwas werden können, du warst meine kreativste, meine Lieblingsschülerin. Zu gut, um hier zu versauern.

Aber hier war sie, nun schon wieder seit fast zwei Jahren, und Staub freute sich jedes Mal, wenn er sie sah. Wie alt mochte Aurelia inzwischen sein? Anfang vierzig? Vielleicht schon ein bisschen älter. Staub mochte sie sehr, und er mochte auch Rosemarie, ihre alte Tante, die oft zu Besuch kam und manchmal wochenlang bei Aurelia blieb.

In Aurelias Studierzimmer brannte Licht. Staub blieb stehen und blickte hinauf. Eine Laterne stand innen auf dem Fenstersims, gerade so, als wäre der Turm tatsächlich ein Leuchtturm. Dahinter sah man Regale voller Bücher und – ja – Staub sah Aurelia Feder, wie sie durch das Zimmer ging und mit dem Rücken zum Fenster stehen blieb. Staub fand es fast ein bisschen unmoralisch, dass er dort unten im Dunkeln stand und sie heimlich beobachtete, aber es sah so friedlich aus, wie sie dort oben umherging bei ihren Büchern in der erleuchteten Stube. Aurelia hatte Bücher immer geliebt, eine Leidenschaft, die sie mit Staub teilte, die er als ihr Lehrer vielleicht sogar in ihr entfacht hatte. Sie hatte etwas in der Hand, drehte es ganz geschäftig und schien es aufmerksam zu untersuchen. Eine Weile noch stand Staub so da und wollte gerade weitergehen, als Wind aufkam und das Meer hinter ihm hart gegen die Klippen schlug. Im selben Moment flackerte das Licht in Aurelias Studierzimmer, und jemand schrie. Staub stolperte ein paar Schritte zurück, der Wind riss ihm seine Mütze vom Kopf, er fuhr herum und suchte mit dem Blick den Boden ab. Ja, da war sie, seine Mütze, zum Glück! Er setze sie wieder auf und blickte hinauf zu Aurelias Fenster. Es war dunkel.

3
Kühe

A uf der Weide, die an Aurelia Feders Grundstück angrenzte, grasten Kühe. Eineinhalb Dutzend. Daran war nichts Besonderes. Daran war wirklich nichts Besonderes. Grasende Kühe sah man schließlich immer wieder an allerlei Orten. Es war also tatsächlich absolut nichts Besonderes daran.

4
Frederik

Als Professor Staub den Schlüssel ins Portal des alten Schulhauses steckte, zitterten seine Hände noch immer.

»Da bist du ja endlich, großer Häuptling Bücherstaub«, rief ihm eine freudige Kinderstimme aus dem Wohnzimmer entgegen, als er oben in seiner Wohnung angekommen war, »komm schnell und setz dich zu mir! Ich habe Popcorn gemacht!«

Staub lächelte und vergaß einen Augenblick lang seine innere Unruhe. Sein Enkel Frederik war da. Er hatte die Sommerferien bei Staub verbracht und sich danach einfach geweigert, wieder zu gehen. Alle Ermahnungen und Bitten seiner Eltern hatten nichts genützt. Frederik wollte bei seinem Großvater bleiben, und schließlich hatten seine Eltern es resigniert erlaubt. Zunächst einmal für ein Jahr. Staub hatte ein ratloses Gesicht gemacht und seine Schultern gezuckt, um zu zeigen, wie ohnmächtig er war angesichts der Sturheit seines Enkels. Aber in Wirklichkeit hatte er sich gefreut wie ein Schneekönig und sein Glück kaum fassen können. Jetzt lebte er nicht mehr allein im alten Schulhaus. Frederik war bei ihm, und Staub ließ sich von ihm sein Leben durcheinanderwirbeln und fühlte sich wieder jung.

»Was ist los?«, fragte Frederik sofort, als sich Staub neben ihm aufs Sofa fallen ließ und abwesend in die Popcornschüssel griff.

»Nichts«, sagte Staub, bemüht, interessiert auf den Fernsehbildschirm zu starren.

»Du lügst ja, großer Häuptling!«, rief Frederik empört und warf ein Kissen nach Staub, das diesen mit voller Wucht am Kopf erwischte und ihn ganz verdattert zurückließ. »Sag, was los ist, Opa!«

»Ach, du hast ja recht«, seufzte Staub und kratzte sich seinen immer lichter werdenden Kopf. »Mir ist gerade etwas Komisches passiert. Es hat mit Aurelia Feder zu tun.«

Und Staub erzählte seinem Enkel, was er beobachtet hatte: das flackernde Licht, der Schrei, dann die Dunkelheit. Erst hatte er schnell weitergehen wollen, doch ein ungutes Gefühl in der Magengrube hatte ihm keine Ruhe gelassen. Fast gerannt war er, durch die Einfahrt auf den Turm zu, und hatte den Klingelknopf gedrückt, aber nichts regte sich. Noch zweimal drückte er, mit immer größerer Panik. Er war schon dabei, mit ungeschickten Fingern die Nummer der Polizei in sein uraltes Handy einzutippen, als im Turm-Treppenhaus Licht anging und er Schritte auf der Steintreppe hörte. Dann öffnete sich die Tür, und Aurelia stand vor ihm. Er sah es sofort, sie hatte Angst. Ihre Pupillen waren geweitet, ihr Gesicht war totenblass, und sie hatte eine Strickjacke fest um sich geschlungen. Er packte sie an den Schultern.

»Feder«, flüsterte er, »mein Gott, was ist passiert?«

Zuerst sah sie ihn nur fragend an, dann schüttelte sie den Kopf. »Nichts«, sagte sie schließlich.

Er glaubte ihr nicht, wollte sie nicht gehen lassen und bestand sogar darauf, in den Turm gelassen zu werden, um sich selbst davon zu überzeugen, dass alles in Ordnung war.

»Sie sehen, Professor Staub, es ist nichts«, sagte sie schließlich. »Es ist lieb, dass Sie sich um mich sorgen, aber ich bin ok. Wirklich!«

Es kostete ihn Überwindung, zu gehen. Er hatte ein seltsames Gefühl. Andererseits konnte er tatsächlich nichts Auffälliges entdecken.

Frederik sah ihn lange an und sagte irgendwann »Mhhh.«

Staub nickte. »Komisch, oder? Sie verschweigt mir etwas.«

»Ich werde morgen zu ihr gehen«, sagte Frederik, »und nach dem Rechten sehen. Zum Glück sind ja Herbstferien! Vielleicht kommt Pandie mit.«

Abermals nickte Staub. Frederik und seine Freundin Pandora Muschel liebten Abenteuer, und Aurelia gab Pandora seit Kurzem Klavierunterricht. Doch Staub quälte die Ahnung, dass Aurelias Geheimnis von der Sorte war, die man nicht ausgerechnet zwei Elfjährigen erzählte.

5
Die Andere

Die Andere stand in der Ecke zwischen Bücherregal und Tür. Aurelia spürte es, auch wenn sie sie im Dunkeln nicht sehen konnte. Um auf den Lichtschalter zu drücken, musste Aurelia an ihr vorbei. Sie wagte es nicht. Ob die Andere ihr die Tür vor der Nase zuschlagen würde, wenn sie versuchen würde, schnell aus dem Zimmer zu laufen? Wenn sie doch nur nicht geschrien hätte! Sie wollte gefasst und selbstbewusst wirken, sonst machte sie alles nur noch schlimmer. Sie atmete tief ein. Die Luft brannte in ihrer Nase wie Chlorwasser.

»Soso«, sagte sie endlich, »da bist du also wieder!«

Die Andere lachte leise. »Hast du geglaubt, ich würde gehen? Einfach so?«

»Mach das Licht an!«, sagte Aurelia.

»Warum sollte ich?«, fragte die Andere.

Aurelia bebte innerlich. »Mach das Licht an und stell dich mir!«

»Warum machst du es nicht selbst an?«, fragte die Andere. Sie bewegte sich in der Dunkelheit, Aurelia konnte es hören. »Komm doch rüber! Hier ist der Schalter.«

Aurelia lauschte. Kam die Andere auf sie zu? Vorsichtig ging sie einen Schritt zurück. Wo war ihr Schreibtischstuhl? Konnte sie ihn als Waffe einsetzen? Langsam bewegte sie den Kopf und sah den Stuhl im Mondlicht, das ins Zimmer fiel. Sie streckte den Arm aus und griff nach der Lehne.

Im nächsten Moment geschahen mehrere Dinge gleichzeitig: Die Andere trat einen Schritt nach vorne, sodass Aurelia ihre Silhouette im Mondlicht sehen konnte und zusammenfuhr. Die Türklingel kreischte schrill durch das dunkle Studierzimmer, und Aurelia packte den Stuhl und schleuderte ihn mit aller Kraft der Anderen entgegen. Sie hörte noch, wie die Andere erstaunt die Luft einsog und der Stuhl zu Boden krachte, dann rannte sie durch die offene Zimmertür hinaus in den Flur und schlug auf den Lichtschalter. Sie fuhr herum. Die Andere war ihr nicht gefolgt. Eine Weile blieb Aurelia zitternd stehen. Dann ging sie langsam ins Studierzimmer zurück und machte das Licht an. Ihr Schreibtischstuhl lag am Boden vor dem Bücherregal, aber die Andere war nicht mehr da. Die Andere mochte kein Licht. Aurelia starrte den Ort an, an dem die Andere gestanden hatte, bis die Türklingel ein zweites Mal schellte, dieses Mal mit einer panischen Dringlichkeit.

»Komm nicht wieder, hörst du?«, flüsterte Aurelia mit bebender Stimme. Aber die Andere war weg.

Aurelia lief zurück in den Flur, machte Licht im Treppenhaus, stieg mit wackligen Knien die Steintreppe hinab und öffnete die

Tür. Ihr alter Lehrer, Professor Staub, stand draußen. Er war ganz aufgelöst und packte sie an den Schultern.

»Feder«, flüsterte er, »mein Gott, was ist passiert?«

Was? Wusste er von der Anderen? Was wusste er? Woher?

Sie schüttelte den Kopf. »Nichts.«

Er glaubte ihr nicht, wollte sie nicht gehen lassen und bestand sogar darauf, in den Turm gelassen zu werden, um sich selbst davon zu überzeugen, dass alles in Ordnung war. Es war eigenartig, ihn in ihrem Studierzimmer stehen zu sehen, den netten alten Professor Staub mit seiner Mütze, der großen Brille und dem grünkarierten Schal um den Hals. Nach allem, was soeben passiert war, war er ein so normaler Anblick, dass es seltsam war. Am liebsten wäre sie ihm um den Hals gefallen und hätte sich an ihm festgehalten. Wenn er nur hätte bleiben und dafür sorgen können, dass die Andere nicht zurückkäme! Aber sie konnte es ihm nicht erzählen. Die Andere war nichts, worüber man sprach.

»Sie sehen, Professor Staub, es ist nichts«, sagte sie schließlich. »Es ist lieb, dass Sie sich um mich sorgen, aber ich bin ok. Wirklich!«

»Ich habe einen Schrei gehört«, sagte er, »das Licht hat geflackert, und –«, er brach ab. Er kannte sie. »Du rufst mich an, wenn du mich brauchst, ja?«

Aurelia nickte und zwang sich zu einem Lächeln. »Das mache ich, Professor. Keine Angst.«

Sie brachte ihn noch zur Tür. Dann machte sie alle Lichter in ihrem Turm an und setzte sich ans Klavier. Sie spielte die halbe Nacht, bis sie so müde war, dass sie nur noch zu ihrem Bett taumeln konnte und sofort einschlief.

6
Kindertage

Erinnerst du dich an deine allererste Begegnung mit Professor Staub, Aurelia? Über vierzig Jahre ist das schon her. Du warst vielleicht zwei oder drei, und Tante Rosemarie hielt dich im Arm. Hielt dich, als wollte sie dich vor allem Unheil beschützen. Und tatsächlich wollte sie das auch. Seit Kurzem warst du allein auf der Welt, und Tante Rosemarie war fest entschlossen, dir Mutter und Vater und Tante zu sein. Damals wohnte sie noch in dem kleinen Häuschen am Meer, das deinen Großeltern gehörte, und du warst gerade bei ihr eingezogen. Nun trug sie dich den Küstenweg entlang, den einen Arm fest um dich geschlungen, den anderen am Kinderwagen, den sie vor sich her schob, in den sie dich aber fast nie absetzte.

»Rosemarie«, sagte eine Stimme hinter euch, »Rosemarie, ist das –?« Es war eine tiefe Stimme, aber sie brach und konnte nicht weitersprechen.

Tante Rosemarie hatte sich umgedreht. Da stand ein Mann, vielleicht so alt wie sie selbst. Neugierig blicktest du ihn an. Doch Tante Rosemarie hielt dich so fest an sich gedrückt, dass du nicht lange den Kopf zu ihm drehen konntest. Du schmiegtest dein Gesicht an ihre Schulter. Sie trug das weiße Kleid mit den rosa Stickereien. Ihr Haar hing ihr offen über die Schultern. Sie roch nach Wildrosen und nach Nougatkeksen. Du weißt es noch, als wäre es gestern gewesen.

»Henri!«, sagte sie, »Oh, Henri, wie geht es dir?« Und ohne eine Antwort abzuwarten: »Ja, das ist Jolandes Tochter. Die kleine Aurelia.«

Jemand schluchzte erstickt. Du drehtest den Kopf, um zu sehen, wer es war. Es war der fremde Mann. Er weinte. Warum weinte er?

»Mein Gott«, brachte er hervor, »sie sieht gar nicht aus wie Feder. Sie schaut wie Jolande.«

Tante Rosemarie hielt dich noch fester und streichelte dir über den Kopf. Die beiden redeten leise miteinander. Du konntest die Worte, die sie sagten, kaum verstehen. Der Wind wehte vom Meer her, und du warst geborgen mit deinem Gesicht an Tante Rosemaries Schulter. Jolande, sagten sie immer wieder, Jolande. So hatte dein Vater immer zu deiner Mutter gesagt. Mama und Papa. Wo waren sie? Unruhe packte dich, du fingst an, in Tante Rosemaries Armen zu zappeln und zu strampeln, und mit einem Mal schossen dir die Tränen in die Augen und liefen dir wild über das kleine Gesicht. Tante Rosemarie redete dir leise zu und streichelte dir übers Haar, und plötzlich spürtest du die Hand des fremden Mannes, die sich sachte auf deinen Rücken legte.

»Nicht weinen«, sagte er leise, »ich bin doch auch noch da. Ich bin doch auch noch da für dich, Aurelia Feder.«

22

7
Muschels

Muschels lebten mitten im Dorf, auf dem Hügel, wo sonst nur noch die Kirche, eine Fahrradreparaturwerkstatt und ein winziges Kino waren. Wenn Schnee lag, konnte man von dort oben mit dem Schlitten hinabfahren, musste jedoch rechtzeitig bremsen, sonst fuhr man zuerst auf die Durchgangsstraße, dann direkt ins Meer. Muschels Haus war eigentlich nichts Besonderes. Ein kleines Steinhäuschen mit hellblauen Fensterläden und einem großen Garten drum herum, mit einem morschen hellblauen Holzzaun, der genau zu den Fensterläden passte. Das Einzigartige an Muschels Haus und Garten war aber, dass dort außer Mutter, Vater, Pandora und kleinem Bruder Muschel auch ein ungewöhnlicher kleiner Zoo lebte. Alle vier Muschels waren nämlich große Tierfreunde, und jedes Tier, das keine andere Bleibe fand, konnte sich sicher sein, dass es bei Muschels gerne unterkommen durfte.

Wenn man das Gartentor aufdrückte und auf das Steinhäuschen zukam, konnte es sein, dass man zu Tode erschrak. Darauf musste man gefasst sein. Das lag daran, dass Kurt-Ludwig stark auf das Quietschen des Gartentors reagierte und wie ein geölter Blitz hinter dem Haus hervorgeschossen kam, wenn es ertönte. Er liebte Besuch, da er nicht wusste, dass es das Gartentor war, das quietschte. Er war überzeugt, dass das Quietschen von dem Besuch käme. Es erinnerte ihn an sein eigenes Quietschen – wenn er nicht gerade grunzte – und machte ihm sogleich jeden liebenswert, der durch das Tor kam. Voll Freude und Energie kam er dann herbeigeschossen, drehte ein paar Runden um den günstigenfalls verdutzten Besuch und wich ihm nicht mehr von der Seite. Kurt-Ludwig war ein junges Wildschwein. Eigentlich sollte er im Wald leben, aber das tat er nicht. Er war Pandora Muschel diesen Sommer zugelaufen. Ganz erwartungsvoll hatte er außen am Gartentor gestanden, als sie morgens herauskam, um mit Frederik Staub an den Strand zu gehen, und nachdem sie das Wildschwein mit Erdnüssen gefüttert hatte, hatte es sich geweigert, wieder wegzugehen. Papa Muschel hatte den Förster gerufen, und zusammen hatten sie lange beraten. Schließlich hatten sie Kurt-Ludwig im Transporter des Försters zurück in den Wald befördert und ihn noch eine Weile beobachtet. Ganz traurig hatte er ihnen nachgeblickt, als sie wieder davongefahren waren. Und am nächsten Morgen hatte er wieder vor Muschels Gartentor gestanden, und Pandora war entzückt gewesen, wenn sie auch tadelnd rief: »Kurt-Ludwig! Du solltest doch im Wald bleiben und deine Herde suchen!« Sie war jedoch davon überzeugt, dass man ein Wildschwein, welches einem nun schon zum zweiten Mal zulief, behalten dürfe. Papa und Mama Muschel waren leider nicht davon überzeugt und riefen wieder den Förster an. Doch Kurt-Ludwig war kein Wildschwein, das sich davon entmutigen ließ, dass man es wieder und wieder in den Wald fuhr und dort zurückließ. Sobald der alte grüne Transporter der Försters außer Sicht war, machte er sich klammheimlich auf den Weg zurück ins Dorf und den Hügel hinauf, auf dem Muschels Haus stand. Es war nämlich so, dass er keine Ahnung hatte, wohin seine Herde gezogen war. Womöglich hatte sie ihn völlig vergessen. Und Kurt-Ludwig konnte sich keine bessere neue Herde vorstellen als Familie Muschel. Und als neue Herden-Anführerin hatte er sich Pandora Muschel ausgewählt. Er liebte sie schon jetzt.

Da auch der Förster keine Idee hatte, was man tun konnte, wenn ein beharrlicher, aber friedlicher, herdenloser Wildschwein-Frischling nicht alleine im Wald bleiben wollte, verzichtete er nach dem sechsten Versuch darauf, Kurt-Ludwig erneut in den Wald zu fahren. Er hatte ein schlechtes Gewissen, weil er wusste, dass er etwas tun sollte, da ein Wildschwein nicht ungefährlich war und Leute angreifen konnte. Kurt-Ludwig machte jedoch nicht die geringsten Anstalten, jemanden anzugreifen, sondern war das friedlichste, heiterste Wildschwein, das man sich vorstellen konnte. Er bemühte sich sogar, Muschels Garten so wenig wie möglich zu verwüsten, obwohl es ihn einige Überwindung kostete. Deshalb redeten Pandora Muschel und Frederik Staub dem Förster das schlechte Gewissen aus und versicherten ihm, dass es gar keine Seltenheit sei, dass Wildschweine im Garten eines beschaulichen Familienhäuschens mit hellblauem Holzzaun grasten. So kam es, dass Kurt-Ludwig seinen neuen Namen und Pandora Muschel ihr neues Wildschwein behalten durfte.

Kurt-Ludwigs beste Freundin war Kriemhild, eine rot-schwarz-weiße Glückskatze, die seit einem Jahr bei Muschels wohnte. Sie war einsam streunend umhergezogen und schon ganz abgemagert gewesen, nachdem die alte Frau gestorben war, der sie zuvor gehört hatte. Papa Muschel hatte Kriemhild eines Tages im Dorf gefunden, mit nach Hause genommen und aufgepäppelt. Nun war Kriemhild wieder voll in Schuss und traute sich sogar, Kurt-Ludwig mit der Pfote eine auf den Rüssel zu geben, wenn er sie zu übermütig anstupste. Aber meistens lebten die beiden friedlich miteinander in Muschels Garten und schliefen Seite an Seite auf der hellblauen Gartenbank. Außer ihnen wohnten auf Muschels Grundstück noch eine Kaninchenmutter mit sieben Jungen, ein Wellensittich, der mehrere Gedichte auswendig aufsagen konnte, eine Schildkröte, die oft wochenlang verschwunden war und dann plötzlich mit Gegenständen wieder auftauchte, die Muschels noch nie gesehen hatten, und die sie wahrscheinlich irgendwo gestohlen hatte, und ein riesiger Hund, der alles fraß, was nicht nied- und nagelfest war. An Pandoras erstem Schultag hatte er ihre gesamte Schultüte aufgefressen und nicht einmal das rosa Krepppapier mit der Schleife übriggelassen. Und das morgens um halb sieben.

»Heute gehe ich zu Frau Feder«, erzählte Pandora, als Muschels heute beim Frühstück saßen. Im Hintergrund rezitierte der Wellensittich gerade ein Herbstgedicht.

»Nanu?«, antwortete Papa Muschel, ohne von seiner Zeitung aufzublicken. »Schon wieder Zeit für Klavier? Heute ist doch nicht Mittwoch!«

»... *rote Blätter fallen, graue Nebel wallen, kühler weht der Wind*«[1], krächzte der Wellensittich feierlich.

»Nein«, sagte Pandora und machte ein geheimnisvolles Gesicht. »Ich gehe mit Frederik dorthin. Wir wollen etwas herausfinden.« Sie wartete kurz, aber da niemand nachfragte, fuhr sie fort: »Bei Frau Feder gehen nämlich merkwürdige Dinge vor sich.«

Nun hatte sie die volle Aufmerksamkeit aller drei anderen Muschels, denn Muschels liebten merkwürdige Dinge und die spannenden Geschichten, die sich daraus entwickeln konnten.

»Was?«, rief Mama Muschel als Erste und hielt das Aprikosenmarmeladeglas, das sie gerade am Auskratzen war, wie festgefroren vor sich in der Luft. »Was für merkwürdige Dinge denn?«

»Ich will mit!«, rief kleiner Bruder Muschel hoffnungsvoll. Aber das ging natürlich nicht. Merkwürdige Dinge, die man zusammen mit seinem besten Freund erforschen wollte, waren zu gefährlich für kleine Brüder.

»Du rufst an, wenn ihr Hilfe braucht!«, befahl Papa Muschel, teils streng, teils sehnsüchtig, denn er vermisste die Zeiten, in denen er noch ein Junge war und Abenteuer erlebte. Aber auch Väter kann man nicht gebrauchen, wenn man merkwürdigen Dingen auf den Grund gehen will. Meistens nicht, jedenfalls. Außer, die Dinge sind so merkwürdig, dass man gerettet werden muss. »Und du bringst keine neuen Tiere mit, hörst du?«, fügte er noch hinzu. Dabei gehörte Papa Muschel zu denjenigen Familienmitgliedern, die bei jedem Vogel, der auf der Straße saß, befürchteten, er habe einen gebrochenen Flügel und müsse dringend gesund gepflegt werden.

»Wie die volle Traube aus dem Rebenlaube purpurfarbig strahlt ... «[2], setzte der Wellensittich gerade zur zweiten Strophe an. Aber da war Pandora auch schon aus dem Haus, schlich so behände wie geräuschlos durch den Garten und schloss das Gartentor genau einen Atemzug bevor sie von einem freudigen, aber ziemlich schmutzigen Wildschwein umgerannt worden wäre.

8
Aufmerksam

»**S**agt mal«, fragte eine von ihnen plötzlich, »merkt ihr das auch?«

»Nein«, sagte die Zweite, »was denn?«

»Glaubst du etwa, dass es schon wieder losgeht?«, fragte die Dritte und kam schnell herbei.

Die Erste nickte weise. »Die Anzeichen verdichten sich. Und es ist die verdächtige Jahreszeit.«

»Was, jetzt?«, fragte die Dritte ganz schockiert und winkte die Vierte und die Fünfte mit einer Kopfbewegung herbei.

Die Sechste, die Siebte und die Achte kamen von selbst. Ihre Gesichter waren todernst.

»Ich habe sie in Richtung Wald fahren sehen«, sagte die Erste. »Mehrere von ihnen.«

»Oh ja, ich habe sie auch gesehen, mir aber nichts dabei gedacht!«, rief die Achte.

»Nichts dabei gedacht?«, erwiderte die Neunte. »Wie konntest du? Wir müssen doch aufmerksam sein!«

»Sie sind in den Wald gefahren?«, fragte die Zehnte. Sie war bekannt für ihr logisches Denkvermögen und ihr kluges Vorgehen. Dass sie noch ein weiteres Talent hatte, werden wir später noch sehen. »Wie viele waren es, und wie haben sie ausgesehen?«

»Mindestens sechs«, antwortete die Erste, und die Achte nickte. »Lauter Männer in einem vollbepackten Karren.«

Die Zehnte nickte auch. »Das klingt nicht gut.«

Inzwischen hatten auch die Elfte, die Zwölfte, die Dreizehnte und die Vierzehnte mitbekommen, dass etwas geschehen war, und kamen herbeigeeilt.

»Wir müssen reden«, sagte die Zehnte. »Kommt zuuuuuuuu uuuns!«, rief sie den vieren zu, die noch fehlten.

9
Tante Rosemarie

Z weimal am Tag hielt der Lokalbus in dem kleinen Dorf am Meer. Wenn man auf öffentliche Verkehrsmittel angewiesen war, war er die einzige Verbindung zur Außenwelt. Er kam stets pünktlich um 10:35 Uhr und um 18:35 Uhr am Hafen an, man konnte die Uhr nach ihm stellen. Und sollte jemand aussteigen und den Weg zu Aurelia Feders Steinturm einschlagen, so wäre er nach acht Minuten dort – also entweder um 10:43 Uhr oder um 18:43 Uhr.

Als es um 10:43 Uhr klingelte, wurde Aurelia aus einer Schreibtischarbeit herausgerissen, die sie gerade begonnen hatte, nachdem sie vom Hühnerfüttern zurückgekommen war. Sie blickte sofort auf die große Uhr über dem Kaminsims. Dann sprang sie voller Freude auf und lief die Treppe hinab zur Tür.

Sie kam oft, und sie kam immer ohne Ankündigung. Und Aurelia schlang die Arme um sie. Sie roch nach Wildrosen und Nougatkeksen, so wie es sich gehörte und wie es schon immer war: Tante Rosemarie. Tante Rosemarie war die einzige Verwandte, die Aurelia noch hatte, die kleine Schwester ihrer Mutter. Tante Rosemarie war Ärztin gewesen, als sie noch jünger war, und das sah man sofort an der klugen Art, wie sie über ihre silbern umrandete Brille spähte. Eigentlich lebte sie in der Stadt und hatte dort zu tun. Aber immer, wenn sie Husten bekam, musste sie dringend ans Meer, und dann fuhr sie ohne zu zögern los zu ihrer Nichte Aurelia. Nichts half so gut gegen Tante Rosemaries Husten wie die Meeresluft, die frische Brise, die Aurelias Beinahe-Leuchtturm umwehte. Und: Ja, es war wirklich nur die Meeresluft und die Sorge um ihre Gesundheit, die Tante Rosemarie so oft hierher trieben. Mit Professor Staub hatte das nichts zu tun, oh nein, auch wenn sie ihn – zugegebenermaßen – äußerst sympathisch und für sein Alter mächtig gut aussehend fand und er selbst immer über das ganze Gesicht strahlte, wenn er sie auf einem Bänkchen am Meer sitzen sah. Frederik hatte einmal zu Pandora gesagt, dass er niemanden sonst kannte, der so oft an Husten litt wie Frau Feders Tante Rosemarie. Und das Sonderbarste daran war, dass er Tante Rosemarie noch nie hatte husten hören.

Und Aurelia war überglücklich. Sie liebte Tante Rosemarie und genoss jede Minute, in der sie sie bei sich hatte. Und heute freute sie sich ganz besonders, denn eines war klar: Solange Tante Rosemarie bei Aurelia war, würde sich die Andere nicht mehr her trauen. Die Andere mochte Tante Rosemarie kein bisschen. Sie fürchtete sie sehr.

10
Am Grab

S o lange ist es her, Aurelia, dass dir Tante Rosemarie das hellblaue Baumwollkleid mit den bunten Tupfen nähte. Wunderschön sah es aus, ein farbiger Lichtblick in all dem Schwarz. Du siehst dich am Grab stehen, deine Hand in Tante Rosemaries Hand. Die Blumen hast du schon abgelegt. Es ist Sommer – muss Sommer sein, sonst hättest du nicht das luftige Baumwollkleid an. Aber in deiner Erinnerung ist es kühl, und ein Schatten legt sich schwer über die Szene.

Du hast lesen gelernt, obwohl du erst im Herbst in die Schule kommst. Du liest die Namen, immer wieder. Bis vor Kurzem waren es nur zwei. Dann kam ein dritter hinzu, und nach wenigen Wochen ein vierter.

JOLANDE UND THADDÄUS FEDER
MARLENA MACKENZIE
LENNOX MACKENZIE

Du glaubst nicht, dass sie wirklich dort liegen. Es ergibt keinen Sinn.

Professor Staub ist hinzugetreten. Tante Rosemarie nickt ihm zu. Du blickst zu ihm hoch, und er lächelt aufmunternd. Aber es ist ein trauriges Lächeln. Du bist trotzdem froh, dass er da ist. Tante Rosemarie ist auch froh, das spürst du. Sie hält deine Hand, und du hältst ihre. Professor Staub hält keine Hand, er steht einfach *da. Dein hellblaues Kleid mit den bunten Tupfen weht im Wind. Es sieht aus, als würde eine junge Familie am Grab stehen: Mutter, Kind, Vater. Doch in Wahrheit sind es zwei Waisenkinder und ein Mann mit einem gebrochenen Herzen.*

11
Die Zehnte

D ie Sache war klar: Die Zehnte würde gehen. Sie war die Einzige, die raus kam, sonst wäre alles kein Problem gewesen. Sie hatte ein erstaunliches Talent. Sie konnte springen wie ein Känguru. Schon zigmal hatte sie versucht, es den anderen beizubringen, aber erfolglos. Die Zehnte hätte abhauen können, für sie wäre es ein Leichtes gewesen, sich in Sicherheit zu bringen. Aber die anderen im Stich zu lassen, das kam nicht in Frage für sie. Sie würde zurückkommen. Die Zehnte würde ihre Sache gut machen, den Plan, den sie zusammen geschmiedet hatten, ausführen, das wussten sie. Den ersten Teil des Planes, jedenfalls. Der zweite Teil fehlte leider noch.

»Ich bete für dich«, sagte die Vierte zur Zehnten, »dass alles klappt und dich keiner erwischt.« Alle standen im Kreis.

»Oh, nein, lass dich bloß nicht erwischen!«, rief die Achtzehnte.

Die Zweite, die Sechste, die Elfte, die Fünfzehnte und die Sechzehnte sahen ganz bang aus.

»Ich bete für uns alle«, sagte die Erste leise. »Du bist unsere einzige Hoffnung. Geh mit ganz viel Kraft und Muuuuuuuuut!«

Die Zehnte machte sich bereit.

12
Ein junger Professor

P rofessor Henri-Jonathan Staub hatte einige Zeit an der Universität der großen Stadt geforscht und gelehrt. Er war dort anerkannt und beliebt gewesen und hätte es bestimmt weit bringen können. Dann war er jedoch aus Gründen, die nur ihn selbst etwas angingen, in sein kleines Heimatdorf am Meer zurückgekehrt, um an der dortigen Dorfschule zu unterrichten. Das war genau in jenem Jahr gewesen, als die kleine Aurelia Feder zur Schule kam. Zu jenem Zeitpunkt hatte die Dachgeschosswohnung im Schulhaus schon lange leergestanden, sodass er dort mit seinen vielen Büchern einziehen konnte. Niemand wusste, ob er an der kleinen Dorfschule glücklich war. Ob er die Vortragsreisen denn gar nicht vermisste, die ihn in der ganzen Welt herumgeführt hatten. Die Diskussionen mit den jungen Leuten an der Universität, die Konzertabende, die er im ganzen Land gegeben hatte. Professor Staub war nämlich nicht nur ein großer Musikwissenschaftler, der über Musik forschte und Bücher schrieb. Er war Musiker. Mit ihm war auch ein Flügel ins Schulhaus gezogen, und alle Kinder an der Dorfschule lernten, bemerkenswert gut Klavier zu spielen. Und wer wollte, konnte von Professor Staub vieles über Gedichte, Geschichten und Bücher erfahren, denn das war seine andere Leidenschaft. Aurelia Feder hatte ihn ins Herz geschlossen und ihm gerne zugehört. Irgendwann hatte er geheiratet und einen Sohn bekommen. Doch der Sohn war früh ausgezogen, und irgendwann war auch Frau Staub nicht mehr da gewesen. Aurelia hatte sich immer gefragt, was mit ihr geschehen war, aber sich nie zu fragen getraut. Es hatte mit einer Weltreise zu tun und mit einer Geschichte aus Staubs Vergangenheit. Und irgendwann war auch Aurelia fortgegangen. Fort aus dem kleinen Dorf, nur fort. In dieselbe Stadt und an dieselbe Universität, an der lange zuvor auch Staub gelehrt hatte.

Jahre lang war sie fort.

Aber irgendwann kam auch sie zurück in das kleine Dorf am Meer.

13
Schlaflos

M ondlicht? Nein danke,
mir ist dunkel genug.
Ein nächtlicher Flug.
Ein dummer Gedanke
balanciert auf der Brüstung
in seiner alten Ritterrüstung
auf einem einzigen Bein.
Dreht sich auf einmal viel zu schnell,
wird zum Gedankenkarussell,
und ich schlafe wieder nicht ein.

Ist das Fenster noch offen?
Vielleicht stehst du ja
dort, wo ich eben den Schatten sah.
Will immer noch hoffen,
kann nicht aufhören damit.
Mein Gedanke hält Schritt
mit dem rasenden Herzen.
Ein Lied tief in mir
erzählt mir von dir
in immerwährenden Quinten und Terzen.

Was soll ich hier liegen
zermartern mein Hirn?
Die Wartezeit wird zum endlosen Zwirn.
Geschichte verbiegen
gelingt mir nicht.
Verlorener Freund, du treuloser Wicht,
oh du gemeiner Tunichtgut!
Verschwinde von mir,
ich will dich nicht hier!
Aber tief in mir liegt noch immer dein Hut.

Bin ich denn noch an der richtigen Stelle?
Hab ich's nicht anders gewollt?
Himmel, so sei mir doch hold!
Schicke mir eine gewaltige Welle!
Nimm mich an Bord!
Trage mich über die Dächer hinfort!
Denn worin liegt am Ende der Sinn,
dass ich hier länger bliebe,
wenn ich nicht die Liebe
meiner großen Liebe bin?

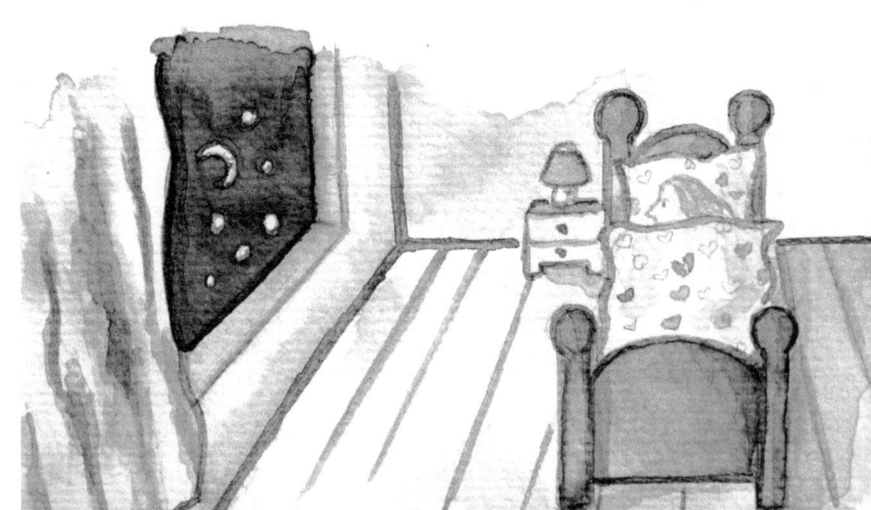

14
Zwei Männer

W ahrscheinlich ist der Tag der eigenen Hochzeit für fast jeden Menschen unvergesslich. Wenn Aurelia Feder an ihren Hochzeitstag zurückdachte, spürte sie einen dumpfen Schmerz links von der Wirbelsäule, der ihr einen Augenblick lang den Atem blockierte, als wollte er sie ersticken. Sie wusste nie genau, ob der Schmerz von einem verspannten Muskel in ihrem Rücken kam oder von ihrem Herzen.

Der arme Laurenz! Der arme, arme Laurenz!

Aber es war nicht nur er, um den sie trauerte.

Weißt du noch, Aurelia, als das alte Schulhaus, das jetzt als Lagerhaus für den Hafen dient, noch voller Lärm und Leben war? Du warst sechs Jahre alt. Du hattest gerade beide oberen Schneidezähne verloren und warst stolz auf deine Lücke, hattest aber zugleich auch ein wenig Sorge, dass vielleicht nie mehr neue Zähne nachwachsen würden. Vielleicht hast du dir in dieser Zeit zum ersten Mal deinen Hochzeitstag ausgemalt: Du stehst als erwachsene Frau in der Dorfkirche auf dem Hügel vor dem Altar. Du trägst ein weißes Kleid mit einer langen Schleppe und hältst einen Blumenstrauß in der Hand. Blaue Kornblumen, deine Lieblingsblumen.

Du strahlst über das ganze Gesicht. Und da klafft deine Zahnlü-
cke! Dein Zukünftiger sieht sie erst jetzt und weicht erschrocken
zurück. Bis jetzt hast du sie immer gut verborgen. Eine Braut mit
einer Zahnlücke?

Noch während du auf dem Schulhof standest und darüber
nachdachtest, wurdest du plötzlich angerempelt.

»Zahnloses Ungeheuer!«, rief jemand hinter dir. Benedikt. Ty-
pisch!

Du wolltest gerade etwas Schlaues erwidern, da sahst du, wie
ER *Benedikt am Kragen packte. Diego Santorino de Silva. Einen*
Augenblick lang blickte er Benedikt beschwörend in die Augen.
Dann ließ er ihn abrupt los.

»Du lässt sie in Frieden, verstanden!«, sagte er. Es war ein Be-
fehl, keine Frage.

Benedikt starrte nur verwundert zurück. Diego saß sonst nur
mit gesenktem Kopf an seinem Tisch. Er hatte keine Freunde und
meldete sich fast nie zu Wort. Niemand interessierte sich für ihn,
weil er so zurückhaltend war und ein bisschen langweilig. Nie-
mand wäre auf die Idee gekommen, dass in Diego so viel Mut
steckte, für eine Mitschülerin Partei zu ergreifen. Das Einzige, wo-
durch er überhaupt auffiel, war, dass er der Klassenbeste war. In
allen Fächern. Er schaute dich an und lächelte für den Bruchteil
einer Sekunde. Dann wandte er sich um und ging fort.

Benedikt und du tauschtet einen erstaunten Blick. Täter und
Opfer gleichermaßen verdattert.

Aber seither war dir Diego Santorino de Silva nicht mehr aus
dem Kopf gegangen. Du suchtest seine Nähe und er deine, und
bald wart ihr die besten Freunde. Jeder an der Schule wusste es:
Feder und Diego waren unzertrennlich. Du hattest keine beste
Freundin, wie andere kleine Mädchen, du hattest nur Diego, und

Diego hatte nur dich. Ihr spieltet am Strand, ihr unternahmt die längsten Spaziergänge, ihr erzähltet einander all eure Geheimnisse. Schön war das. Schön und so vertraut! Es hätte für immer so weitergehen können!

Die Jahre vergingen. Deine Zahnlücke war längst vergessen, die Tage der Sandburgen am Strand waren vorbei. Die anderen Mädchen in deiner Klasse schwärmten für Schauspieler und Musiker, aber deine Welt drehte sich noch immer um Diego Santorino de Silva, und seine drehte sich um dich. Manchmal, wenn ihr beide alleine wart, spürtest du plötzlich eine seltsame Verlegenheit. Etwas, was du in Diegos Nähe all die Jahre lang noch nie gespürt hattest. Etwas war anders geworden. Und dann kam der Sonntagnachmittag am Strand, als sich plötzlich Schweigen zwischen euch einstellte. Krampfhaft suchtest du in deinem Kopf nach einem Thema, das die Stille durchbrechen könnte, aber noch ehe du eines fandest, legte Diego unvermittelt seinen Arm um dich und zog dich an sich. Und als wäre es das Selbstverständlichste der Welt, legtest du den Kopf an seine Schulter. Dann küsste er dich auf den Mund, vorsichtig und sehr lange. Die Welt verschwand vor deinen Augen, und nur Diego blieb.

Oh, Aurelia. Was für ein Glücksgefühl! Welch ein Strom aus Gedanken und Bildern, ein Rausch aus Kalt und Heiß und eine schlaflose Nacht, in der du die Minuten zähltest, bis du wieder bei Diego sein würdest. Mit glühenden Wangen und in deinem schönsten Blumenkleid bist du an jenem Morgen zur Schule gegangen, und als du ihn von Weitem kommen sahst, schlug dein Herz einen Purzelbaum. Doch Diego warf dir nur einen kurzen Blick zu, nickte kaum merklich und ging mit gesenktem Kopf auf das Schulhaus zu, die Treppe hinauf, zu seinem Platz im Klassenzimmer. Und dir war, als ballte sich etwas in deinem Herzen zusammen, etwas

Hartes, Schweres, das alle Helligkeit in dir auslöschte und dich so traurig machte, als könntest du nie wieder fröhlich sein. Nein, du warst nicht mehr fröhlich, sehr, sehr lange Zeit nicht mehr, und überhaupt nie mehr so wie zuvor. Deine Freundschaft mit Diego Santorino de Silva war von jenem Tag an vorüber, ohne ein Wort, ohne eine Erklärung. Als wenige Monate später eure Schulzeit zu Ende ging, verließ er das Dorf, um ein Jahr lang durch Kanada zu reisen. Es muss zu diesem Zeitpunkt gewesen sein, dass dir bewusst wurde, dass die Andere dich schon lange beobachtete. Die schreckliche Andere.

Als Aurelia Feder fast zehn Jahre später Laurenz Hendersson kennenlernte, kam die Andere immer seltener zu Besuch. Die Andere konnte Laurenz nicht leiden. Laurenz war der netteste Mensch, dem Aurelia jemals begegnet war. Er hatte weißblondes Haar, als wäre er ein kleiner Junge. Er war Architekt in derselben Stadt, in der auch Aurelia inzwischen arbeitete, und lud sie bei ihrer ersten Begegnung direkt von der Straße weg in ein Café ein. Er war hilfsbereit, kreativ und romantisch, er war freundlich zu allen und trug Aurelia auf Händen.

Einmal glaubte Aurelia schon, die Andere wäre fortgegangen, aber sie kam zurück. Nur eine Woche nach Aurelias Hochzeitstag.

15
Hochzeitstag

Nach nur drei Wochen machte Laurenz Hendersson Aurelia einen Heiratsantrag, der Aurelia sehr erschreckte. Doch es gab auf der Welt keinen anderen Mann, der so gut zu ihr passte wie Laurenz, keinen, der so nett war wie er, und keinen, der sie so glücklich machen würde, das war Aurelia klar. Deshalb sagte sie ja. Und ehe sie sich versah, fand sie sich in einem zartrosa Kleid mit gelockter Hochsteckfrisur und Rosen im Haar vor dem Standesamt wieder. Alles war perfekt: Der Blumenschmuck, der polierte Boden, der Kronleuchter. Tante Rosemarie und Professor Staub waren da, und Laurenz hatte seine ganze Familie und seinen riesigen Freundeskreis mitgebracht. Er war so beliebt bei allen! Was für ein unfassbares Glück, dass er sich ausgerechnet für Aurelia Feder entschieden hatte! Alle sahen feierlich aus und strahlten. Am meisten strahlte Laurenz. Er strahlte sie an und hielt ihre Hand, und Aurelia strahlte zurück und wusste, dass sie genau das Richtige tat, dass bessere Zeiten anbrechen würden, in diesem Moment, und eigentlich schon, seit sie Laurenz Hendersson zum ersten Mal begegnet war. Er war so ein Glücksfall! Sie konnte kaum glauben, dass sie hier stand und ihn heiratete, dass sie ihr ganzes künftiges Leben mit ihm verbringen durfte.

Es passierte nur in Filmen. Es passierte wirklich nur in Filmen und in manchen der Bücher, die in Aurelias Bücherschrank standen. Aber jetzt passierte es ihr. Sie war im Begriff, ihr Ja-Wort zu geben, als mit einem Mal die Tür zum Standesamt aufgerissen wurde und jemand keuchend ihren Namen schrie.

»Feder!«, rief er, »Feder! Tu es nicht! Heirate ihn nicht! Du gehörst zu mir!« Es war Diego Santorino de Silva. Er trug noch seinen roten Fahrradhelm auf dem Kopf, als er auf sie zugestürmt kam. Im nächsten Moment hatte er sie an sich gezogen und hielt sie, als wollte er sie nie wieder loslassen.

Das Chaos, das im Standesamt ausbrach, war unbeschreiblich. Aurelia taumelte und sah nur noch verschwommen. Jemand brüllte auf Diego ein, Laurenz weinte und flehte sie an, zu bleiben. Aurelia weinte nicht. Ihr Herz raste, und sie hörte ihren Puls laut in ihren Ohren. Dann verließ sie mit Diego den Saal.

Alles in Aurelia fühlte sich heil an, alles, was seit so langer Zeit gebrannt und geschmerzt und geschrien hatte. Die Leere war gefüllt, die Wunden hörten auf zu bluten. Sie war bei Diego, und alles war wieder gut.

Diego blieb bei ihr.

Eine Woche lang.

Dann verließ er sie. Ohne ein Wort, ohne Erklärung. Und er kam nicht wieder zurück.

Dafür kam die Andere. Sie kam mit voller Wucht und verbreitete eine Dunkelheit, die Aurelia beinahe verschluckt hätte. Wenn es Aurelia nicht im letzten Moment gelungen wäre, die Andere an den Schultern zu packen und zu Boden zu ringen. Die Andere war so verblüfft über den Angriff, dass sie sich kaum wehrte. So etwas hatte sie von Aurelia Feder nicht erwartet. Und plötzlich war da ein kleines eisernes Kästchen. Aurelia hatte keine Ahnung, woher es gekommen war. Völlig schmucklos war es, wenn man von dem Tragegriff absah und den geschwungenen Blechstreifen, die die Seitenkanten verstärkten. Als Aurelia danach griff, sprang es bereitwillig auf. Sie packte die Andere und stieß sie in das Kästchen. Sie passte hinein, obwohl sie so groß war. Aurelia hatte es gewusst. Die Andere konnte sich ganz klein machen, dann passte sie überall hinein. Und Aurelia ließ den Deckel zuschnappen und hielt ihn lange fest zusammengedrückt. Dann öffnete sie die Klappe, die unter dem Kästchen angebracht war, und stellte das Zahlenschloss ein. Sie atmete erleichtert auf. Niemand würde den Code knacken, die Andere würde nicht mehr herauskommen. Und sie versteckte das Kästchen tief in ihrem Herzen.

16
Federlesen

F rederik stand am Fuße des Hügels und sah, wie Pandora oben Muschels Gartentor zuzog und losflitzte. Wie immer kam sie den Hügel herabgerannt und wurde immer schneller, so, als könne sie nicht mehr bremsen, und so, als müsse Frederik die Arme ausbreiten und sie auffangen, damit sie nicht auf die Hauptstraße lief und dann die Klippen hinab ins Meer stürzte. Aber kurz bevor er die Arme ausstrecken konnte, blieb sie dann doch lachend stehen, mit roten Backen, keuchte und fing an, zu erzählen, dass die Worte atemlos übereinanderpurzelten und Frederik höchstens jedes zweite verstand. Von Kurt-Ludwigs grunzenden Liebesbeweisen, Papa Muschel, der beim Reparieren des Esstisches aus Versehen seinen Daumennagel am Tischbein festgenagelt hatte, von der roten Kinderklobrille, welche die verrückte Schildkröte von einem ihrer Ausflüge mitgebracht hatte, und von dem ausgefallenen Milchzahn, den sich kleiner Bruder Muschel ins Ohr gesteckt hatte und jetzt nicht mehr herausbekam. Frederik liebte diese Momente.

Dann trat eine feierliche Stille ein.

»Bist du bereit für Frau Feder und ihr dunkles Geheimnis?«, fragte Frederik mit gesenkter Stimme.

»Fürs Federforschen«, entgegnete sie.

»Fürs Federlesen. Geheimes Federlesen.«

Sie lachten sich verschwörerisch zu. Dann machten sie sich auf dem Weg zum alten Steinturm.

Nanu, dachte Aurelia, als schon zum zweiten Mal an diesem Vormittag die Türklingel schellte. Tante Rosemarie saß bereits gemütlich am Küchentisch und hatte ihre mitgebrachten Nougatkekse mit Haselnussstreuseln auf einem Teller ausgebreitet. Aurelia füllte gerade kochendes Wasser in ihre Lieblingsteekanne. Dann ging sie zur Tür. Zuerst war sie ganz verwirrt, weil sie glaubte, vergessen zu haben, dass Mittwoch wäre und Pandora zum Klavierunterricht käme. Doch dann sagte Frederik: »Guten Tag, Frau Feder! Wir waren gerade in der Gegend, und Pandie wollte sich ein Buch ausleihen. Eines über Wildschweinhaltung, falls Sie zufällig eines haben.«

»Dann ist es also wahr«, lachte Aurelia. »Kurt-Ludwig darf endgültig bei Familie Muschel bleiben!«

Ein Buch über Wildschweinhaltung besaß sie leider nicht, aber sie bat die Kinder trotzdem in ihren Turm, schickte Pandora zum Bücherregal im Studierzimmer und Frederik schon einmal zu Tante Rosemarie in die Küche.

»Frederik!«, hörte Pandora Tante Rosemarie aufgeregt rufen. »Wie schön, dich zu sehen! Ist dein Opa denn auch dabei?«

»Guten Tag, Tante Rosemarie«, antwortete Frederik, »nein, leider nicht! Aber ich soll Sie herzlich von ihm grüßen! Das heißt«, druckste er herum »mein Opa hat gesagt, ich soll Sie ganz herzlich grüßen, *falls* Sie zufällig da sein sollten. Er konnte das ja nicht wissen, aber er hofft natürlich immer, dass Sie da sind und uns recht lange mit Ihrem Besuch beehren.«

Tante Rosemarie lachte erfreut, und Pandora schmunzelte. Frederik, dieser Charmeur und Lügner. Sie blickte an einem der mächtigen Bücherregale empor, die Aurelia Feders Studierzimmer tapezierten. Pandora kannte niemanden, der so viele Bücher besaß wie Aurelia Feder. Nicht einmal Frederiks Opa konnte mit ihr mithalten. Und in Frau Feders Regalen standen nicht nur die schlauen Bücher, die sie zur Forschung benutzte und zum Teil auch selbst geschrieben hatte. Sie forschte nämlich über skandinavische Literaturwissenschaft. Aurelia Feders Büchersammlung war ein buntes Sammelsurium und enthielt so viele Kinder- und Jugendbücher, dass Pandora, die selbst liebend gerne las, das Herz höher schlug. Auch Pferdebücher besaß Frau Feder. Pandoras Lieblingsbücher. Pandora wünschte sich nämlich ein Pferd und litt ein wenig darunter, dass man Pferde so schlecht gemeinsam mit Wildschweinen in seinem Garten halten konnte. Bei jedem Besuch bei Frau Feder lieh sich Pandora eines oder zwei von deren Büchern aus und brachte sie beim nächsten Besuch wieder fertig gelesen zurück. Manchmal kam sie extra deshalb, und weil es in Frau Feders Steinturm so gemütlich war. Sie passten gut zueinander, diese beiden. Jeder mochte Pandora Muschel, und jeder mochte Aurelia Feder.

Gerade wollte Pandora auf der Suche nach einem Exemplar, das sie noch nicht kannte, einen Schritt Richtung Fenster machen, da sah sie etwas auf dem Boden liegen. Es war ein kleines eisernes Kästchen mit geöffnetem Deckel. Uralt sah es aus. Pandora bückte sich und hob es auf. An den Kanten war es von geschwungenen Blechstreifen verstärkt, sonst war es schmucklos. Es war eisig kalt. Und es war leer. Trotzdem spürte Pandora, wie ihr plötzlich eine Gänsehaut vom Haaransatz aus den Rücken hinabkroch. Sie hätte nicht sagen können, warum.

»Oh«, sagte Aurelia Feders Stimme plötzlich hinter ihr. »Da ist es ja. Du hast es gefunden, Pandora. Ich habe – ich habe nicht mehr daran gedacht, dass es runtergefallen ist.«

Und bevor Pandora etwas erwidern konnte, streckte Aurelia Feder die Hand aus und sagte: »Gib es mir und setz dich zum

Tee. Frederik und Tante Rosemarie haben schon den halben Keksteller leergegessen.«

Wortlos legte Pandora ihr das Kästchen in die ausgestreckte Hand und glaubte zu sehen, wie Frau Feder leicht zusammenfuhr, als das Eisen ihre Haut berührte. Pandora blickte sie fragend an, doch Frau Feder erwiderte ihren Blick nicht, sondern verstaute das Kästchen mit ausdrucksloser Miene hinter einer Bücherreihe im Regal. Dann tat sie so, als würde sie in einer der oberen Regalreihen etwas suchen. Da schnappte sich Pandora die ersten beiden Bücher, die sie zu fassen bekam, drehte sich auf dem Absatz um und ging über den Flur in die Küche.

Weißt du, wie schön du bist? So wunderschön!
Ich hab nie was Schönres als deine Nase gesehn.
Die Tupfen drauf schmelzen mein bedürftiges Herz,
und wir haben beide Geburtstag im März.

Deine Freude: unbändig,
dein Lachen haut um.
Ich vermisse dich ständig
und häng nur bei dir rum.

Ich will dich umarmen,
doch das darfst du nicht wissen.

Meine Tränen, die warmen,
durchtränken mein Kissen,
wenn ich dich zwei, drei Stunden am Stück mal nicht seh.
Und ich glaub, ich ersticke, sagst du mir ade.
Du meine Freundin, du meine Elfe,
ich lieb dich für immer, so wahr mir Gott helfe.

Ich bin, was ich bin, doch ich fänd keine Ruh,
wüsst ich nicht ganz genau, in der Nähe bist du.
Und auch sonst gibt's nichts Klügres, nichts Süßres als dich,
und nur bei dir bin auch ich, bin auch ich wirklich ich.

Frederik lächelte Pandora zu, als sie sich auf den Stuhl neben ihm setzte. Ob er wohl einen Plan hatte? Oder amüsierte er sich noch immer über Tante Rosemarie und ihre Vorliebe für seinen Opa Bücherstaub?

»Mein Opa kann einfach alles«, sagte Frederik, als ob er den Gesprächsfaden von eben wieder aufnehmen würde. »Er ist super darin, Dinge zu reparieren. Auch Lampen. Falls sie einmal ... flackern sollten.«

Pandora sog scharf die Luft ein und schämte sich für diesen plumpen, undiplomatischen Versuch des geheimen Federlesens. Und tatsächlich verschränkte Aurelia Feder sofort die Arme und sah Frederik streng an.

»Soso«, sagte sie. »Falls sie einmal flackern sollten! Sag deinem Opa, er braucht nicht seinen Enkel zu mir zu schicken, um mich auszuspionieren! Wenn er etwas wissen will, soll er mich selbst fragen!«

Pandora hatte erwartet, dass Frederik nun, da er aufgeflogen war, peinlich berührt die Flinte ins Korn werfen würde, doch da kannte sie ihn schlecht.

»Das hat er doch!«, rief Frederik ein bisschen zu laut. »Aber Sie haben ihm ja nichts verraten! Sie haben ihn weggeschickt! Wissen Sie eigentlich, was für Sorgen er sich um Sie macht?«

»Was?«, schaltete sich nun auch Tante Rosemarie ein. »Aurelia! Kind! Warum macht sich der gute Professor Sorgen um dich? Bist du krank? Brauchst du Hilfe? So sag doch was!«

»Darf man denn in diesem Turm keine kaputte Glühbirne haben, ohne dass man gleich als krank gilt?«, polterte Aurelia aufgebracht und schlug auf den Tisch. »Es besteht nicht der leiseste Anlass, besorgt zu sein! Nicht für dich, Tante Rosemarie, nicht für Professor Staub und«, dabei hob sie ihren Teelöffel und richtete ihn anklagend auf Frederik, »nicht für dich, Frederik!«

»Sie verschweigen uns doch etwas!«, rief Frederik und richtete im Gegenzug seinen Löffel auf Frau Feder. Mehrere Momente lang funkelten die beiden einander herausfordernd an.

Pandora hatte sich geheimes Federlesen anders vorgestellt. Irgendwie heimtückischer und auf jeden Fall geheimer. So war es ja kein Federlesen, sondern ein Federverhör.

Als sie kurz vor Mittag den Turm verließen, hatte jeder ein gutes Kilogramm Kekse verzehrt. Aber herausgefunden hatten sie nichts.

17
Das Floß

Wie alt mögt ihr gewesen sein, Aurelia, als ihr das Floß bautet? Zehn oder elf. Vom Wald waren es nur ein paar Meter bis hinab zum Meer. Fünf oder sechs der Baumstämme sollten reichen, sagte Diego, und er musste es wissen. Er wollte schließlich Ingenieur werden und Schiffe bauen. Niemand würde fünf oder sechs Stämme vermissen, wenn der Stapel am Waldrand so groß war. Sie besaßen genau die richtige Länge für ein schönes Floß, und Diego besaß ein Seil. Jeder gute Ingenieur brauchte ein Seil, so sagte er. Gleich der erste Baumstamm quetschte dir den rechten Zeigefinger ein, und es tat gehörig weh. Aber so etwas konnte eben passieren, wenn man ein Floß baute. Diego wusste, wie man Knoten machte, und er zeigte es dir. Es wurde nur ein schmales Floß, weil das Seil bald zu Ende war, aber das machte nichts. Zu zweit passte man auch auf ein schmales Floß. Es war ein tolles Floß, und es schwamm. Mit strahlenden Gesichtern blicktet ihr erst das Floß, dann einander an. Eine Welle kam und warf das Floß ein paar Meter aufs Meer hinaus, und sogleich stürztet ihr euch ins Wasser und rettetet euch lachend auf das Floß. Das war gar nicht so leicht, und als du es gerade nach oben geschafft hattest, zog sich Diego auf der anderen Seite hinauf. Das Floß kippte und warf dich ins Wasser zurück.

»Nimm meine Hand, Feder!«, rief Diego lachend.

»Zieh mich hoch!«, prustetest du und spucktest einen Mundvoll Salzwasser aus.

Triefend nass saßt ihr endlich auf dem Floß, fest aneinandergeklammert, weil das Floß so schmal war. Aber das Floß schaukelte und wankte, dass es zum Fürchten war, und dann kam die Welle, die euch beide seitwärts ins Wasser warf. Und als du hustend und spuckend wieder auftauchtest und sahst, wie weit ihr schon vom Ufer entfernt wart – das war der Moment, in dem du es mit der Angst zu tun bekamst.

»Lass uns zurückschwimmen«, keuchte Diego neben dir, »das Floß trägt uns nicht, und wir haben das Ruder vergessen!«

»Ich komm nicht voran!«, riefst du ihm kurz darauf zu.

»Ich auch nicht!«, rief er zurück. Dann warf eine Welle das Floß hoch, und es traf ihn am Kopf. Er blutete.

»Diego!«, riefst du panisch, klammertest dich mit einer Hand an das Floß und strecktest die andere nach Diego aus. »HILFE! WIR BRAUCHEN HILFEEEEEEE!«

Auch Diego bekam das Floß zu fassen und hielt sich mit aller Kraft daran fest. Blut sickerte ihm in die Stirn und wurde von einer neuen Welle weggespült.

»Feder«, keuchte er. »Mach dir keine Sorgen, Feder! Wir bleiben beste Freunde, für immer! Auch, wenn wir jetzt sterben müssen!«

Dann schriet ihr aus Leibeskräften um Hilfe. Und jemand muss euch gehört haben, denn auf einmal kam aus dem Nichts eine Gruppe junger Leute angeschwommen. Sie brauchten nicht einmal ein Boot, um zu euch zu gelangen.

»Ganz ruhig!«, rief der eine schon von Weitem. »Wir kommen! Haltet euch fest!«

Einer packte dich, und einer packte Diego, zwei andere redeten beruhigend auf euch ein. Niemand packte das Floß, euer erstes eigenes Floß. Traurig schipperte es draußen auf dem Meer herum, während ihr euch dem Ufer nähertet. Als die jungen Leute euch im Sand absetzten, fielst du Diego in die Arme, und ihr hieltet euch aneinander fest. Diego weinte, und du weintest nicht. Du hieltest ihn nur fest. Jemand wollte Diegos Wunde untersuchen und redete ihm leise zu, aber Diego beachtete ihn nicht. Tante Rosemarie kam, ließ sich in den Sand fallen und umarmte euch beide. Ganz fest. Sie sagte nichts. Sie saß nur lange im Sand und umarmte zwei tropfnasse Kinder, die sich aneinander festklammerten.

Nach ewigen Zeiten kam Diegos Vater herbeigeeilt.

»Diego!«, rief er. »Seid ihr noch bei Trost? Mit einem Floß aufs Meer hinauszufahren! Wie kann man nur so dumm sein! Hab ich dir nicht tausendmal gesagt, wie gefährlich das Meer ist und wie viel hier schon passiert ist! Ihr könntet längst –«

»Scht«, sagte Tante Rosemarie leise, aber mit Nachdruck.

Und du schlossest deine Augen und warst geborgen. Du warst in Sicherheit, und Diego war es auch. Die Welt war gut.

18
All meine Liebe

I ch würd dir so gerne die Wunden heilen,
dich von allem befreien, was schwer ist und trist.
Deinen Schmerz würd ich liebend gern mit dir teilen,
ich möchte so sehr, dass du glücklich bist.

Ich möchte dir schenken, was dir viel wert ist,
und braucht's dafür Geld, dann kauf ich's dir gleich.
Du bist das Kostbarste, was mir beschert ist,
wenn es dir gut geht, bin auch ich wirklich reich.

Ich wünschte, dass alle, alle verstehen,
du bist das Liebste, was es nur gibt.
Ich flehe sie an, gut mit dir umzugehen,
es tut mir so weh, wenn dich etwas betrübt.

Ich möchte alles von dir vertreiben,
was dich verängstigt und was dich bedroht.
In aller Gefahr will ich nah bei dir bleiben,
ich ginge mit dir durch die finsterste Not.

Ich würd dir gern sagen, wie sehr ich dich liebe,
versuch ja zu tun, was mir möglich ist.
Doch selbst wenn ein Weltalter Zeit dafür bliebe,
könnt ich nicht erklären, wie lieb du mir bist.

Ich rede mit Gott jeden Abend und Morgen,
aus tiefster Seele rufe, Gott, ich zu dir:
Schütze sie, halte sie frei und geborgen.
Nimm all meine Liebe und was ich sonst hab dafür.

19
Hoffnungen und Träume

N achdem Diego Santorino de Silva zum ersten Mal Aurelias Leben verlassen hatte, sah Aurelia die Andere bei Tageslicht. Viele Male. Sie stand auf dem Schulhof. Dort, wo Diego Aurelia so viele Jahre zuvor vor dem frechen Benedikt beschützt hatte. Sie stand einfach nur da. Sie tat nichts. Doch. Sie grinste. Sie hatte ein unheimliches Grinsen. Aurelia blickte sich um. Konnte es wirklich sein, dass niemand außer ihr die Andere wahrnahm? Sie stand dort so solide wie ein Mensch. Sie schien sich auszudehnen. Sie bewegte sich auf Aurelia zu, ohne sich vom Fleck zu rühren. Und manchmal, wenn Aurelia den Strand entlangschlenderte – denselben Weg, den sie in glücklicheren Tagen so oft mit Diego gegangen war, tief versunken ins Gespräch oder in vertrautes Schweigen – spürte sie mit einem Mal eine dunkle Gegenwart in ihrem Nacken, und wenn sie sich umdrehte, sah sie, dass die Andere dicht hinter ihr ging. Mit ihrem schaurigen Grinsen auf dem Gesicht.

Aurelia schüttelte sich. Nein, sie wollte nicht daran denken. Nicht heute. Sie kroch unter die Bettdecke und nahm ein Buch vom Nachttisch. Es war ein wunderschön illustriertes Kinderbuch, das sie im Buchladen entdeckt hatte und das sie sich einfach selbst hatte schenken müssen. Sie hatte es schon mehrmals gelesen. Sie schlug es auf und las erneut darin:

»Dein Leben gehört dir.
Probier so viele Dinge aus,
wie du nur ausprobieren kannst.
Schau dir so viel an,
wie du nur anschauen kannst.
Wohin du auch gehst,
nimm deine Hoffnungen mit,
pack deine Träume ein,
und vergiss niemals –
auf Reisen werden Entdeckungen gemacht.«[3]

Sie nickte und fuhr mit der Hand über die Schrift. Ja. So wollte sie leben. Ein ganz anderes Leben als das mit der Anderen.

»Aurelia!«, rief Tante Rosemarie aus dem Wohnzimmer. Wie immer, wenn sie bei Aurelia übernachtete, schlief sie auf dem Sofa im Wohnzimmer, und die Türen blieben offen, damit sich die beiden gegenseitig etwas zurufen konnten. Was sie auch oft und gerne taten. Aurelia liebte solche Nächte.

»Schläfst du schon, Aurelia?«

»Nein. Du?«

»Nein.« Pause. »Ich habe nachgedacht.«

Aurelia seufzte, aber so leise, dass man es im Wohnzimmer unmöglich hören konnte.

»Wenn dein Licht wirklich flackert, müssen wir den Elektriker rufen. Am Ende gibt es noch einen Kurzschluss, und dein Turm brennt ab. So wie das restliche Haus.«

Es stimmte, das alte Kloster, zu dem Aurelias Steinturm einst gehört hatte, war vor über achtzig Jahren abgebrannt. Es war eine Tragödie gewesen, und viele Menschen im Dorf hatten geweint. Damals hatte es jedoch nicht an einer flackernden Glühbirne gelegen, sondern an einer Kerze im Arbeitszimmer der Äbtissin. Unter mysteriösen Umständen hatte die Stube Feuer gefangen, das rasch auf das restliche Gebäude übergegriffen hatte. Tante Rosemarie und Aurelia verdankten dem Feuer vor über achtzig Jahren ihr Leben.

Der schottische Student Lennox MacKenzie war an jenem Abend – und wirklich nur an jenem Abend, und zwar nur für eine Stunde, – zu Besuch in dem kleinen Dorf gewesen. Eigentlich war er Gaststudent an der Universität der großen Stadt, und sein Gastsemester neigte sich bereits dem Ende zu. Er war schon drauf und dran, nach Schottland zurückzukehren. Doch er hatte von der Schönheit der Küstenstraße gehört, die das Dorf umgab, und hatte beschlossen, sie sich vor seiner Heimreise noch anzusehen. Er war schon auf dem Rückweg zu seinem klapprigen Leihfahrrad im Ortskern, als er durch das offene Fenster Flammen in einem Erdgeschosszimmer des Klosters sah. Nun war Lennox MacKenzie leider kein Mitglied der Freiwilligen Feuerwehr und hätte ohnehin kein Löschwasser parat gehabt. Doch er war geistesgegenwärtig. Und er war mutig, wenn nicht sogar tollkühn. Denn er band sich seinen Schal ums Gesicht, kletterte kurzerhand durch das Fenster und fand dort die Äbtissin, die ohnmächtig am Boden lag. Lennox MacKenzie hatte sich Äbtissinnen nie jung und federleicht vorgestellt, doch diese war es. So federleicht, dass er sie mühelos hochheben und mit ihr durch das Fenster hinaussteigen konnte.

Draußen spielten sich inzwischen tumultartige Szenen ab. Leute aus dem Dorf waren herbeigeeilt und versuchten, das Feuer zu löschen. Und vier Ordensschwestern kamen Lennox MacKenzie weinend entgegengerannt und beugten sich voll Sorge über ihre Äbtissin, die Lennox noch immer in den Armen hielt.

Man konnte nichts tun, um das Kloster zu retten. Seine uralten Mauern wurden ein Fraß der Flammen, seine wertvollen Bücher verbrannten, und eine jahrhundertelange Geschichte zerfiel zu Staub. Die Menschen im Dorf waren fassungslos, als sie vor der Ruine standen. Sie liebten die Schwestern. Das Dorf lebte von der Güte und Klugheit dieser Frauen, von ihrer Zuwendung zu den Kranken, Alten und Armen, von dem offenen Ohr und der Zeit, die sie für jeden hatten, der ihrer bedurfte. Es war ein Geschenk des Himmels, dass keine der Schwestern verletzt worden war. Und es war ein Wunder, dass der Turm verschont geblieben war. Der alte Steinturm mit der Kapelle und ihren Buntglasfenstern im Erdgeschoss.

Die Schwestern mussten das Dorf schweren Herzens verlassen, sie fanden Unterschlupf in anderen Klöstern in anderen Dörfern, und sie fehlten den Menschen, die mit ihnen gelebt hatten, sehr. Aber Lennox MacKenzie blieb. Und bei ihm blieb die Äbtissin, die dann keine Äbtissin mehr war, sondern nur noch Marlena. Das Band zwischen den beiden war so stark, dass keiner es mehr zu lösen vermochte. Sie verließ die Gemeinschaft, heiratete Lennox und zog mit ihm in das Häuschen am Meer, das einst ihrer Großmutter gehört hatte. Und sie hatten zwei Töchter: Jolande und Rosemarie.

Aurelia Feder hatte ihre Großeltern, Marlena und Lennox, noch kennengelernt und sie sehr geliebt. Geblieben war ihr jedoch nur noch Tante Rosemarie.

»Hörst du mich?«, rief diese aus dem Wohnzimmer. »Ein Kurzschluss kann sehr gefährlich sein! Du solltest unbedingt etwas tun, wenn diese Lampe wieder flackert!«

»Ich werde dafür sorgen, dass diese Lampe keine Gelegenheit mehr bekommt, zu flackern«, rief Aurelia zurück. »Nie mehr!«

Sie blickte noch einmal in das illustrierte Buch auf ihrem Schoß. »Dein Leben gehört dir.« Und: »Wohin du auch gehst, nimm deine Hoffnungen mit, pack deine Träume ein.« Aurelia blinzelte. »Genau!«, flüsterte sie. »Deine Hoffnungen und deine Träume. Von der Anderen ist keine Rede.« Sie lächelte. »Gute Nacht, Tante Rosemarie!«, rief sie. Dann löschte sie das Licht und schlief geborgen ein.

20
Jolande und
die verlorene Großmutter

»**S** chläfst du schon, großer Häuptling Bücherstaub?«
»Selbstverständlich schlafe ich schon. Du etwa nicht?«
»Doch, natürlich! Es ist ja schon spät.« Mit diesen Worten
schlüpfte Frederik durch den Türspalt und sprang mit den Kni-
en voran auf das Ledersofa in Staubs Schlafzimmer. Es ächzte
gequält, als wollte es sich bei Staub wegen dieser respektlosen
Behandlung beschweren. Staub saß in einem Sessel aus abge-
wetztem grünem Samt. Er legte das Buch, in das er bis vor wenigen Sekunden vertieft gewesen war, auf den Beistelltisch, zog
die Stirn in Falten und blickte den Jungen über seine Brille hinweg an.

»Erzähl mir von Jolande«, forderte Frederik ohne Umschwei-
fe.

»Wie kommst du denn jetzt auf Jolande?«, fragte Staub und
nahm seine Brille ab. Ohne seine Brille erinnerte er Frederik ein
wenig an einen Maulwurf, weil er die Augen so zusammenkniff.

»Du bist so anders, wenn du von ihr erzählst. So – jung!«

Staub konnte sich ein Lächeln nicht verkneifen. »Das liegt
wohl daran, dass ich noch jung war, als ich Jolande kannte.« Er
sagte »kannte«, nicht »kennenlernte«. Er kannte Jolande nur, als
er jung war. Als er älter wurde, gab es keine Jolande mehr, die
er kennen konnte. Ein Schatten huschte über sein Gesicht, und

Frederik schien ihn zu bemerken, denn er blickte seinen Großvater nur still und aufmerksam an. Staub hatte ihm in den Sommerferien nur aus Versehen von Jolande erzählt. Weil es nicht
mehr anders gegangen war. Weil Frederik heimlich versucht
hatte, Staub und Tante Rosemarie einander näherzubringen. Es
gab kaum etwas, was offensichtlicher war, als die Dinge, die Frederik heimlich zu tun versuchte.

Als Frederik noch ein Kindergartenkind war, hatte seine
Großmutter angekündigt, mit ihren vier besten Freundinnen
eine Weltreise unternehmen zu wollen. Viele, viele Monate war
sie fort gewesen, und mal schickte sie Staub eine Postkarte aus
Rio de Janeiro, mal aus Minsk, Kilkenny, Valencia, Bogota, von
den Faröer Inseln, aus Kapstadt, Tiflis, Athen oder Spitzbergen.
Zuletzt hatte es Frederiks Großmutter und ihren vier besten
Freundinnen so gut auf Sardinien gefallen, dass sie beschlossen,
sich dort anzusiedeln und gemeinsam ein Straßencafé zu eröff-
nen. Zu jenem Zeitpunkt waren sie schon seit über dreieinhalb
Jahren auf Weltreise. Großmutter schickte dem verdatterten
Staub eine letzte Postkarte mit lieben Grüßen und bat um Entschuldigung dafür, dass sie Sardinien und das Café ihm vorzog
und ihm solch eine Enttäuschung bereite. Sie legte aber zur Erinnerung auch ein Foto von sich und ihren vier besten Freundinnen bei, wie sie lachend vor dem neu eröffneten Straßencafé
saßen, sich mit bunten Getränken zuprosteten und sich so köst-
lich amüsierten, dass sie nicht den Eindruck erweckten, als täte
ihnen Staub sonderlich leid.

Staub war also allein zurück geblieben, und Frederik hatte
die meiste Zeit seines Lebens omalos gelebt. Eigentlich hatte er
keine Erinnerung mehr an seine Großmutter. Und inzwischen
wünschte er sich eine neue. Er mochte Tante Rosemarie, und

Tante Rosemarie mochte seinen Opa Bücherstaub. Jeder konnte also sehen, dass Tante Rosemarie die perfekte Oma-Kandidatin war – vor allem jeder, der schon einmal ihre selbst gebackenen Nougatkekse mit Haselnussstreuseln oder ein anderes ihrer Backwerke verzehrt hatte. Aber als er seinem Großvater einmal besonders eindringlich damit in den Ohren gelegen hatte, war es Staub zu bunt geworden und er hatte ziemlich laut gerufen, dass Tante Rosemarie als neue Großmutter nicht in Frage käme. Und als der frustrierte Frederik ziemlich laut zurückgerufen hatte: »WARUM DENN NICHT, ZUM KUCKUCK?«, hatte Staub noch lauter zurückgerufen: »WEGEN JOLANDE, ZUR SIBIRISCHEN DONNERMEISE!«

Da war Frederik verdutzt gewesen, denn soweit er sich erinnern konnte, hatte seine Großmutter Gerda geheißen. Er konnte Staubs Kurz-Erklärung folglich nicht so stehen lassen und quengelte weiter, so lange, bis Staub noch die ein oder andere geheimnisvolle Andeutung machte. Doch Staub und Frederik waren verwandt, und die Dinge, die der eine heimlich tat, waren genauso offensichtlich wie die, die der andere geheimzuhalten versuchte.

»Du bist also in Jolande verliebt!«, rief Frederik triumphierend.

»BIN ICH NICHT!«, donnerte Staub zurück. »War ich aber«, fügte er dann leise hinzu. Und da er diese verheißungsvolle Andeutung gemacht hatte, musste er seinem wissbegierigen Enkel nun noch mehr erzählen.

»Lennox und Marlena MacKenzie lebten also in ihrem Häuschen am Meer und waren die glücklichsten Leute, die man sich nur denken konnte. Aber das weißt du ja schon.«

Frederik nickte schnell und lauschte.

»Fast zwei Jahre nachdem sie sich beim Brand des Klosters zum ersten Mal begegnet waren – falls man das so nennen kann, wenn die eine von beiden ohnmächtig in ihrer Arbeitsstube liegt, als der andere sie findet – erblickte ihre erste Tochter das Licht der Welt. Jolande. Das anmutigste, klügste, zauberhafteste Kind, das je geboren wurde. Wieder zwei Jahre später bekamen sie noch eine zweite Tochter. Rosemarie. Aber das tut hier nichts zur Sache.«

»Opa!«, rief Frederik empört, »Rede nicht so über Tante Rosemarie!«

»Aber nein!«, gab Staub zurück und hob abwehrend die Hände. »Ich meine doch nur, dass du von Jolande hören wolltest. Und nur dafür spielt es jetzt erst einmal keine Rolle, dass es auch noch Rosemarie gab.«

Frederik nickte versöhnt.

»Jolande war zwei Jahre älter als ich.«

»Spielt sich denn die ganze Geschichte von Jolande im Zweijahresrhythmus ab?«, warf Frederik ein. Staub ignorierte ihn.

»Und ich liebte Jolande, seit ich sie zum ersten Mal gesehen hatte. Damals war ich ein Jahr alt und sie drei. Unsere Mütter brachten uns jeden Tag an den Strand, und dort schaufelten wir wie die Verrückten Sand in kleine Eimer und siebten ihn, bis er weich wie Mehl war.«

»Aha!«, murmelte Frederik. »Jolande war also deine Sandkastenliebe. In einem sehr großen Sandkasten!« Er lachte.

»Scht!«, sagte Staub genervt. »Willst du nun von Jolande hören oder nicht?«

»Aber natürlich!«, rief Frederik und setzte sich sogleich aufrecht aufs Sofa, um seine Aufmerksamkeit zu beweisen.

»Ich liebte Jolande, seit ich ein Jahr alt war und sie drei. Aber Jolande erwiderte meine Liebe nicht. Wir wurden Freunde, und ich hoffte immer, dass sie ihre Meinung noch ändern würde. Doch das tat sie nie. Und ich konnte damit leben, denn wir waren trotzdem wie Pech und Schwefel. So lange, bis dieser Feder in unser Leben kam und alles kaputtmachte. Da war ich schon fünfunddreißig Jahre alt und Jolande siebenunddreißig. Ich hatte gehofft, Jolande würde sich so einrichten, eben ohne Mann, wenn schon nicht mit mir. Aber Thaddäus Feder kam und gewann Jolandes Herz ohne Umwege, und bald hieß sie Jolande Feder. Nicht mehr Jolande MacKenzie, wie es sich gehörte. Mich bat sie, Trauzeuge zu sein. Kurz nach der Hochzeit verlor sich der Kontakt, weil ich es nicht mehr ertragen konnte.«

Hier brach Staub ab und blickte lange stumm vor sich hin. Frederik überlegte schon, ob er ihm mitfühlend eine Hand auf die Schulter legen sollte, als Staub weitersprach: »Jolande und Feder starben wenige Jahre später bei einem Flugzeugabsturz. Es war ein Kleinflugzeug. Diese Pfeife von Feder hatte ihr den Flug geschenkt, einen Rundflug über Südtirol.« Wieder schwieg er lange und seufzte dann. »So habe ich sie endgültig verloren, meine Jolande. Aber sie hat etwas zurückgelassen, wodurch sie mir immer nahe ist. Sie ließ es bei ihrer Schwester Rosemarie, wo es viele Jahre blieb, wo es aufwuchs ohne Erinnerung an seine wunderschöne Mutter und seinen nichtsnutzigen Vater Feder.«

»Aurelia«, sagten beide gleichzeitig. Dann blieb es lange still im Raum.

21
Kann ich den Turm kaufen?

D a warst du also wieder, Aurelia. *Zurück in deinem kleinen Dorf am Meer.*

In den Jahren in der Stadt war es dir gut ergangen. Deine Wohnung im vierten Stock überblickte den Park, und mit dem Fahrrad warst du in sieben Minuten an deinem Arbeitsplatz im Institut für skandinavische Literaturwissenschaft. Es war schön, abends mit Freunden ins Kino, ins Konzert oder ins Theater zu gehen. Und es war schön, nur zwei Straßen entfernt von Tante Rosemarie zu wohnen. Du hättest dir nicht vorstellen können, deine Siebensachen zu packen und zurück nach Hause zu gehen. Zumal zu Hause niemand mehr war. Und jeder Winkel im Dorf dir von Diego erzählte.

Doch dann kam Laurenz und mit ihm der verpatzte Hochzeitstag. Und mit einem Mal begann auch die Stadt, von Diego zu erzählen. Jeder erzählte von Diego und von dir. Wie ihr zusammen das Standesamt verlassen und den armen Laurenz habt stehen lassen. Wohin konntest du noch gehen?

»Kann ich den Turm kaufen?«

Die Schwester blickte dich fragend an. Sie hatte deine Großmutter Marlena gut gekannt und kannte auch dich. »Den Turm in Abteienmoor? Was willst du denn mit dem?«

»Ich möchte dort wohnen. Er gehört euch doch noch, oder?«

»Schon. Aber er ist baufällig. Ich weiß nicht, ob man dort wohnen kann.«

Man konnte dort wohnen. Zwei Monate nachdem du ihn gekauft hattest, war er einzugsbereit, und du liebtest ihn. Du liebtest ihn, weil er sich selbst für einen Leuchtturm hielt. Weil er der See entgegenblickte und rief: »Hierher! Land in Sicht! Hier seid ihr in Sicherheit!« Und du liebtest ihn, weil er dem Feuer und der Verwüstung getrotzt hatte und immer noch da stand, als wäre noch nichts verloren, als gäbe es Hoffnung, als würde die Zukunft jetzt erst beginnen.

22
Von verliebten Großvätern, kranken Wildschweinen und sorglosen Kühen

N un war das also klar: Großmutter Gerda hatte sich auf Weltreise begeben und sich in Sardinien niedergelassen, statt zu Großvater Staub zurückzukehren, weil sie gespürt haben musste, dass sie sein Herz mit jemandem teilte. Vielleicht hatte Staub ihr sogar von Jolande erzählt. So ein halbes Herz, mit dem man geliebt wurde, war bestimmt keine zufriedenstellende Angelegenheit. Frederik konnte Großmutter Gerda nicht länger böse sein. Wer war schon gerne der Zweitbeste, der Beinahe-Gewinner, die Nebenrolle im eigenen Film? Nein, es geschah Opa Staub recht, dass sie gegangen war und ihren eigenen Traum von einem guten Leben verwirklicht hatte.

Und auch dies war klar: Staub konnte Tante Rosemarie nicht heiraten, weil sie ja Jolandes Schwester war. Vielleicht war sie Jolande zu ähnlich und zugleich doch nicht ganz Jolande. Das war sicher irritierend für Staub.

Frederik seufzte. Wie kompliziert! Er hatte immer gedacht, alte Leute hätten ein ganz einfaches, geruhsames Leben, ohne herzzerreißende Liebesgeschichten und allerlei Bedenken. Aber da hatte er wieder etwas dazugelernt. Er beschloss, Pandie in seine neuen Erkenntnisse einzuweihen. Heute war Mittwoch.

Das hieß, dass Pandie zum Klavierunterricht bei Frau Feder war. Er würde vor dem Turm auf sie warten.

»Kurt-Ludwig ist krank!«, rief sie ihm gleich zu, als sie ihn sah, und kam auf ihn zugestürmt. Sie sah besorgt aus, schließlich hing sie an dem verrückten Wildschwein, und auch Frederik fing sofort an, sich Sorgen zu machen. »Ich glaube, er hat Zahnschmerzen, Frederik. Papa holt den Tierarzt. Vielleicht ist er schon da. Komm schnell!«

Die beiden rannten los, und Frederik beschloss, Pandie ein anderes Mal von Jolande Feder zu erzählen.

Auf der Weide, die an Aurelia Feders Grundstück angrenzte, grasten Kühe. Sicher eineinhalb Dutzend. Frederik nahm sie nur aus den Augenwinkeln wahr, und Pandie war im Gedanken schon bei Kurt-Ludwig und hätte es nicht einmal bemerkt, wenn dreieinhalb Dutzend Kühe auf der Weide gegrast hätten.

Eine Kuh müsste man sein, dachte Frederik. Dann hätte man ein unkompliziertes Leben ohne unglücklich verliebte Großväter und eitrige Wildschweinzähne. Man könnte den ganzen Tag herumstehen und grasen und es sich nachts in seinem Stall gemütlich machen. Über nichts müsste man sich Sorgen machen. Und er wünschte sich kurz, eine Kuh zu sein. Aber nur kurz.

23
Tanzen

E s machte Spaß, Pandora Muschel das Klavierspielen beizubringen. Das Mädchen besaß eine Klugheit und Auffas-
sungsgabe, die Aurelia immer wieder erstaunten. So schnelle
Fortschritte hatte noch keiner ihrer Schüler gemacht.

Als Pandora gegangen war, schienen noch für ein paar Atem-
züge die Töne des letzten Stückes, das sie gespielt hatte, den Flur
im Turm und Aurelias Kopf zu erfüllen. Aurelia hatte die Ballade
einmal für Diego gespielt. Das war lange her. Diego hatte sich
neben sie auf die Klavierbank gesetzt und zugehört. Er hatte
nicht gesagt, ob ihm das Lied gefiel oder nicht, aber er hatte am
Ende »Spiel es noch mal!« gesagt. Und Aurelia hatte es noch mal
gespielt. Noch zweimal.

Diego.

Plötzlich war es mucksmäuschenstill. Im Flur im Turm und
in Aurelias Kopf. Sie spürte sie kommen. Die Luft roch nach ihr.
Typisch, dass sie kam, während Tante Rosemarie auf dem Markt
war. Aurelia wagte nicht, den Kopf zu drehen, alle Muskeln in
ihr spannten sich an. Ob sie sich die Augen zuhalten sollte und
warten, bis es vorbei war? Bis sie wieder ging? Aber war sie

jemals von selbst gegangen? Die Andere war immer geblieben. Selbst in tiefster Nacht blieb sie, beugte sich über das Bett und ließ Aurelia nicht einschlafen. Und wenn die Erschöpfung so groß wurde, dass Aurelia doch eindämmerte, dann spukte die Andere wie ein Nachtmahr durch ihre Träume, bis Aurelia aus dem Schlaf schreckte, gerädert, gehetzt und hoffnungslos bis in die Zehenspitzen.

Aurelia sprang auf und lief zu ihrem Schreibtisch. Der Laptop war noch an, zum Glück, so verlor sie keine Zeit. Noch während sie den Internetlink anklickte, zog sie sich die Schuhe aus und kickte sie aus dem Weg.

Da war es: *Tanzen für tatkräftige Traumtänzerinnen. Ein Tutorial in 39 Folgen.* Aurelia wählte Folge 17. Hoffentlich kommen noch weitere Folgen hinzu, bevor ich Nr. 39 erreicht habe, dachte sie. Es durfte nicht aufhören. Sie hatte das Tutorial schon vor Monaten entdeckt, mit Folge 1 begonnen, jeden Tanz so lange geübt, bis sie ihn sicher tanzen konnte – den Langsamen und den Wiener Walzer, mehrere Schottische Volkstänze, Discofox, Rumba, einen peruanischen Hochland-Huayno, eine bayrische Polka, den Charleston, einen Flamenco, einen Tiroler Hochzeitsmarsch und einige andere. Heute war sie bereit für Nr. 17. Es war ein englischer Gesellschaftstanz aus dem neunzehnten Jahrhundert. Man tanzte ihn eigentlich nicht allein, doch das *Tanztutorial für tatkräftige Traumtänzerinnen* hatte alles so aufbereitet, dass er problemlos alleine tanzbar war. Die Musik klang beinahe irisch, eine Geigen- und Flötenmelodie zum Hüpfen und Springen. Aurelia studierte die Schritte, probierte sie aus, einmal trocken, zweimal trocken, dann war sie bereit. Sie drehte die Musik so laut sie nur konnte und tanzte los.

Die Andere war tatsächlich gekommen, aber sie war im Flur stehen geblieben und blickte mit finsterer Miene aus einiger Entfernung ins Studierzimmer, wo Aurelia atemlos über die Holzdielen hüpfte, nach links und rechts, sich verbeugte und im Kreis sprang und vor Anstrengung ganz rote Backen hatte. Dann machte die Andere auf dem Absatz kehrt und verließ den Turm. Sie mochte keine Musik. Und vor allem konnte sie es nicht leiden, wenn man tanzte.

24
Fahrradklingel

S chon von Weitem hörten Pandora und Frederik empörtes Quieken, und unwillkürlich beschleunigten sie ihre Schritte, bereit, Kurt-Ludwig aus jedweder Gefahr zu retten. Doch als sie in den Garten gestürmt kamen, fanden sie ihn im festen Griff von Mama, Papa und kleinem Bruder Muschel, während der Tierarzt seelenruhig im geöffneten Maul des Wildschweins herumwerkelte.

»Beeil dich!«, rief Papa Muschel dem Tierarzt gerade zu, »Wir können ihn nicht mehr lange festhalten! Der zappelt wie blöde, und am Ende beißt er dir noch die Hand ab!«

Wie zur Bestätigung grunzte Kurt-Ludwig lautstark.

»Gleich hab ich's«, antwortete der Tierarzt, »ich muss gerade noch – na, sowas!« Er zog seine Hand aus Kurt-Ludwigs Maul und hielt triumphierend einen faustgroßen blauen Metallgegenstand mit limettengrünen Herzen in die Höhe.

»Meine Fahrradklingel!«, rief Mama Muschel, »Da ist sie ja! Er hat sie einfach abgebissen! Und ich hatte die ganze Zeit die verrückte Schildkröte im Verdacht, die immer alles stiehlt!«

Im selben Moment entwischte Kurt-Ludwig dem Klammer-griff der drei Muschels und stürzte sich in unbändiger Freude auf Muschel Nr. 4, sodass Pandora rücklings zu Boden fiel. Nach einer wilden Hetzjagd rund um Muschels Häuschen herum gelang es ihnen am Ende, das fröhliche Wildschwein noch ein-mal einzufangen und nachzusehen, ob es wirklich keinen eitri-gen Zahn hatte und die Fahrradklingel, die ihm im Gebiss hän-gen geblieben war, das einzige Problem gewesen war. Nachdem dies sichergestellt war, montierte Papa Muschel die wiederge-fundene Klingel an Mama Muschels Fahrrad und klingelte pro-beweise mehrfach damit.

»Hat nie schöner geklingelt«, murmelte er zufrieden. »Und die Delle macht sie besonders.«

Erleichtert gingen die meisten Muschels mit dem Tierarzt ins Haus, um Tee zu kochen und Kuchen zu essen. Pandora und Frederik wollten ihnen gerade folgen, als Frederik Pandora am Ärmel zurückhielt.

»Sieh dir das an!«, flüsterte er und zeigte den Hügel hinab Richtung Wald.

»Eine Kuh!«, rief Pandora. »Wo geht sie denn hin?«

Und die Frage war berechtigt. Das war keine Kuh, die gemäch-lich vor sich hin trottete, auf der Suche nach dem nächstbesten Grasbüschel. Sie ging schnell und blickte weder nach links noch nach rechts. Sie wackelte nicht hin und her, hielt nicht an, muhte kein einziges Mal. Diese Kuh hatte ganz offensichtlich ein Ziel. Einen Plan. Sie hatte etwas zu erledigen. Sie ging schnurstracks irgendwohin.

25
Unverhoffte Hilfe

A urelia Feder hatte den Rest des Nachmittags damit verbracht, ihr eigenes altes Fahrrad zu reparieren, ganz ohne
zu ahnen, dass das Fahrrad von Mama Muschel nun auch wieder
voll betriebsfähig war. Dass Mama Muschel und Aurelia jeweils
ein Fahrrad besaßen und es so oft und gerne nutzten, war
ziemlich tollkühn von ihnen, wenn man bedachte, dass Mama
Muschel auf einem steilen Hügel wohnte, den man schneller
herunterfahren konnte, als einem lieb war, aber dafür wesent-
lich länger brauchte, bis man wieder oben war, und Aurelia an
einer engen, holprigen Küstenstraße direkt am wilden Ozean
lebte. Aber ein Fahrrad bedeutete Freiheit, gerade in einem kleinen Dorf, in dem der Lokalbus nur zweimal am Tag hielt und
man ansonsten zusehen musste, wie man fort- oder wieder nach
Hause kam. Mama Muschel und Aurelia Feder waren gleich alt
und wären bestimmt gute Freundinnen geworden, wenn sie sich
besser gekannt hätten. Es war schade, dass sie dies nicht wussten, denn so entging ihnen eine phantastische Gelegenheit. Sie
verpassten viele gemeinsame Fahrradausflüge und interessante
Gespräche, ihnen entging, dass sie den gleichen Sinn für Humor
hatten, dass sie sich beide über Sprache ärgerten, die ein seltsames Frauenbild verriet, dass sie beide wahnsinnig wurden,
wenn ihnen nach dem Verzehr von Himbeeren kleine Körnchen
in den Backenzähnen hängen blieben, und dass sie beide jeden

Monat einen Teil ihres Gehaltes für Tierschutzprojekte spendeten. Sie waren sogar beide Wissenschaftlerinnen an derselben Universität: Mama Muschel in Ornithologie, Aurelia in skandinavischer Literaturwissenschaft. Und Aurelia wünschte sich einen Hund. Mama Muschel hätte ihr liebend gerne erlaubt, mit ihrem riesigen Hund, der alles fraß, was nicht nied- und nagelfest war, spazieren zu gehen, und das hätte Aurelia sehr gefallen, und dem riesigen Hund sicher auch. Aber Aurelia wusste noch nicht einmal, dass Muschels einen Hund besaßen.

Aurelia lehnte ihr Fahrrad an die Außenwand des Turmes, wischte sich die schmutzigen Hände an ihren Jeans ab und ging die Einfahrt entlang, hinaus auf die Straße und von dort aus auf die gegenüberliegende Straßenseite, wo eine Felsenklippe zum Meer abfiel. Dort stand sie und blickte hinaus auf die See, wie sie es so oft tat. Aurelia konnte sich nicht mehr vorstellen, an einem Ort zu leben, von dem aus man das Meer nicht sehen konnte. Sie glaubte, nirgends sonst so gut atmen zu können wie hier, wo die Unendlichkeit beinahe mit Händen zu greifen war. Sie hätte so glücklich sein können, so glücklich. Wenn er ihr nicht so schrecklich fehlen würde. *Diego. Oh, Diego!*

Da Aurelia mit dem Rücken zur Küstenstraße stand, sah sie nicht, dass eine Kuh die Steigung heraufkam. Aber die Kuh sah sie und sah ein vertrautes Bild, denn sie hatte Aurelia von ihrer Weide aus schon oft so dastehen und aufs Meer blicken sehen. Doch plötzlich blinzelte die Kuh verdutzt. Was war das? Aus dem Nichts heraus war eine zweite Person erschienen und hinter Aurelia getreten. Grausig sah sie aus, dunkel und kalt. Und Aurelia schien sie nicht zu bemerken. Die Kuh erschauderte, und ein unheilvolles Gefühl kroch ihr über ihre Kuhhaut und tief hinein in ihr Kuhherz. Etwas stimmte nicht. Etwas stimmte ganz gehörig nicht. Die andere Person trat ganz dicht an Aurelia heran. Dann breitete sie die Arme aus und –

»MUUUUUUUUUUUUUUUUUUUH!«, machte die Kuh aus voller Kehle. Denn sie konnte nicht mehr länger schweigen.

Da schreckte die Andere zusammen, fuhr herum und starrte die Kuh einen Moment lang mit verzerrtem Gesicht an. Dann löste sie sich einfach so in Luft auf. Die Andere mochte nämlich keine Tiere.

Auch Aurelia hatte sich erschrocken umgedreht, doch als sie die Kuh sah, breitete sich ein Lächeln auf ihrem Gesicht aus. »Was machst du denn hier?«, fragte sie die Kuh mit sanfter Stimme. »Bist du ausgebüxt?«

Die Kuh nickte nur. Sie glaubte, ihren Augen nicht trauen zu können, aber etwas sagte ihr, dass sie genau im richtigen Moment des Weges gekommen war. Dann ging sie ohne ein weiteres Wort an Aurelia vorbei, und als sie an der Kuhweide angekommen war, sprang sie mit einem riesigen Satz über den hohen Zaun. Aurelia hatte noch nie eine Kuh gesehen, die so hoch springen konnte.

26
Karaoke

»*S* *ingt ein Vogel, singt ein Vogel, singt im Märzenwald,*
kommt der helle, der helle Frühling,
kommt der Frühling bald.
Komm doch, lieber Frühling,
lieber Frühling, komm doch bald herbei,
jag den Winter, jag den Winter fort
und mach das Leben frei!«[4] ,

erklang es aus Muschels Badezimmer.

Der Wellensittich horchte gespannt.

»Es ist doch schon Herbst, Thomas!«, rief Mama Muschel über das Plätschern des Wassers hinweg, ohne von der Vogelskizze aufzuschauen, die sie gerade zeichnete.

»Darauf kann man keine Rücksicht nehmen, mein Liebes, wenn man nun mal ein Frühlingslied im Kopf hat«, erwiderte Papa Muschel fröhlich.

Mama Muschel lächelte und musste unwillkürlich daran denken, wie sie Papa Muschel vor zwölf Jahren kennengelernt hatte.

Damals war das kleine Dorf am Meer noch viel touristischer gewesen, und samstagabends hatte es im Hafenhotel Musik und Tanz gegeben. An jenem Samstag war Mama Muschel – die damals noch gar nicht Mama Muschel hieß, sondern Cornelia Wimmeknaus – ein wenig erkältet gewesen. Außerdem war es ihr letzter Urlaubstag. Cornelia Wimmeknaus stammte aus dem Süden und hatte bis dahin ihren Urlaub am liebsten in den Bergen verbracht. Da ihre beste Freundin jedoch in jenem Jahr unbedingt ans Meer fahren wollte, hatte Cornelia eine Ausnahme gemacht und war mit ihr für eine Woche nach Abteienmoor gekommen. Dort gab es nicht viel zu sehen, fand Cornelia, und ihre Freundin fand übrigens dasselbe. Die Woche am Meer hatte ihnen trotzdem gefallen, und nun hörten sie, dass an ihrem letzten Abend ein Karaokesingen in der Bar ihres Hotels stattfinden sollte.

»Lass uns hingehen«, lachte Cornelias Freundin, »zum krönenden Abschluss!«

»Lieber nicht«, grummelte Cornelia, »ich bin erkältet.«

Doch die Freundin gab nicht nach, und so fand sich Cornelia Wimmeknaus eine halbe Stunde später mit einem Grapefruitsaft an der Bar des Hafenhotels wieder, in der festen Überzeugung, dass es ein langweiliger, blöder Abend werden würde.

Da wurde die Tür aufgerissen, und ein Mann mit Sturmfrisur, nur einer Sandale an den Füßen und einem Welpen im Arm kam hereingeschossen. »Ein Tierarzt!«, rief er ganz verzweifelt. »Ist ein Tierarzt hier?«

»Ein Tierarzt nicht!«, rief Cornelia Wimmeknaus und kam schon auf den Mann mit Hund zugeschossen. »Aber eine Ornithologin!"

Das schien alle Anwesenden zu überzeugen, denn sie machten Platz für Cornelia.

»Was ist passiert?«, fragte sie aufgeregt und griff nach dem Kopf des Hundes, der würgte und sich wand.

»Er hat meine linke Sandale gefressen!«, rief der Mann mit Hund. »Ohne zu kauen! Sie steckt ihm im Hals! Er erstickt!«

Niemand wusste hinterher genau, wie Cornelia Wimmeknaus es im Handgemenge und Durcheinander geschafft hatte, die Sandale aus dem Rachen des Welpen zu lösen. Aber es gelang ihr, und somit rettete sie dem Hund das Leben. Alle waren sich einig, dass sie eine sehr gute Ornithologin sei, und lobten sie. Der Mann mit Hund küsste sie auf die Wange, dankte ihr hundertfach und gelobte, nie mehr den Schuh auszuziehen, während er seinen Hund Gassi führte. Dann dankte er ein weiteres Mal und ging selig mit seinem Welpen nach Hause.

Cornelia Wimmeknaus, jedoch, war durch den unerwarteten Adrenalinstoß zu neuem Leben erwacht. Sie vergaß ihre Erkältung, meldete sich zum Karaokesingen an und bekam die Startnummer fünf. Es gab ein königliches Frühstück für zwei Personen im Hafenhotel zu gewinnen, genau das Richtige für sie und ihre Freundin, bevor es morgen früh nach Hause ging, fand Cornelia. Und tatsächlich fiel es ihr nicht schwer, die Startnummern eins bis vier zu übertrumpfen. Sie sang *La vie en rose* von Edith Piaf, und ihre verstopfte Nase ließ ihre Stimme herrlich französisch klingen.

»Du bist die Favoritin, Conny«, flüsterte ihre Freundin ihr zu, »ich glaube, du hast uns soeben das Frühstück geholt!«

Auch die Startnummern sechs, sieben und acht entpuppten sich als keine großen Konkurrenzen, und zuletzt sollte ein gewisser Thomas Muschel auftreten. Und Cornelia Wimmeknaus riss die Augen auf, als er auf die Bühne stieg. Ein Raunen ging durch das Publikum.

»Das ist ja der Welpenmann!«, rief Cornelias Freundin.

Und der Welpenmann sang wie eine Lerche. Seine Stimme klang wunderbar warm und melodisch. Die Menschen horchten auf und staunten, und Cornelia Wimmeknaus verabschiedete sich im Gedanken bereits von ihrem ersten Platz und dem Frühstück. Doch so schön der Welpenmann auch sang, er sang *For auld lang syne*[5], eines der traurigsten Abschiedslieder, die Cornelia kannte. Und als er gerade am Anfang der zweiten Strophe angekommen war, rührte ihn der Text so schrecklich, dass er in Tränen ausbrach und lauthals weinend auf der Bühne stand. Sein Auftritt war vermasselt, er bekam keine Silbe des Liedes mehr heraus, so sehr er es auch versuchte, und die Leute lachten über ihn. Cornelia Wimmeknaus fand ihn jedoch allerliebst. Allerallerliebst. Sie bekam gar nicht mehr mit, wie sie zur Siegerin gewählt wurde, denn sie hatte sich einen Weg zum heulenden, feinfühligen Welpenmann mit der wunderschönen Stimme gebahnt und ihn für den nächsten Morgen zum Frühstück eingeladen. Und zwar unabhängig davon, ob sie es gewinnen würde oder selbst bezahlen musste. Zum Glück gewann sie es aber, und es stellte sich heraus, dass der Welpenmann an jenem Abend sowieso nur ihretwegen zurück in die Bar im Hafenhotel gekommen war. Er wollte die Ornithologin wiedersehen, die seinem Welpen das Leben gerettet hatte.

Von jenem Abend an waren Cornelia Wimmeknaus und Thomas Muschel die allerdicksten Freunde, die man sich nur denken konnte.

»Es schneit ja keine Rosen und regnet keinen Wein,
so kommst du auch nicht wieder,
so kommst du auch nicht wieder,
Herzallerliebster mein!«[6],

klang es aus dem Badezimmer. Dann brach Papa Muschels Stimme ab, und er schluchzte ein bisschen.

Mama Muschel lächelte. Er hatte noch immer eine wunderschöne Stimme, und er war noch immer sehr feinfühlig. Vor allem, jedoch, war er noch immer ihr allerdickster Freund.

27
Nach Sardinien

»Häuptling Bücherstaub?«, rief Frederik, noch während er die Wohnungstür im alten Schulhaus aufriss. Und der Mann, der ihm freudig entgegenkam, sah auch tatsächlich aus wie sein Opa. Nur in jung.

»Frederik!«, rief sein Vater begeistert, und noch bevor Frederik etwas erwidern konnte, überholte seine Mutter seinen Vater und schloss Frederik fest in die Arme. Unter ihrem Arm hindurch konnte Frederik am anderen Ende des Flurs seinen Großvater sehen, der sich ratlos am Kopf kratzte.

»Es gibt wunderbare Neuigkeiten«, verkündete seine Mutter, ohne ihn loszulassen, »Wir fahren zu Oma Gerda! Und du kommst mit!«

»Was?«, rief Frederik entgeistert. »Mitten im Schuljahr? Ich werde alles verpassen und nie wieder aufholen können!«

»Aber nein, Junge«, sagte sein Vater, »Wir ziehen um. Stell dir vor, du wirst in eine italienische Schule gehen!«

Da begann Panik in Frederik aufzusteigen, und er blickte hilfesuchend zu Staub.

»Frederik kann doch gar kein Italienisch«, warf dieser ein.

»Ach was, das lernt er schnell!«, winkte seine Mutter ab. »Wir ziehen nach Sardinien! Du wirst am Meer wohnen, Frederik!«

»Ich wohne jetzt schon am Meer, und ich will hier nicht weg!«, rief Frederik. »Ihr habt gesagt, dass ich ein Jahr bei Opa bleiben darf! Wovon redet ihr überhaupt?«

Es stellte sich heraus, dass Oma Gerda heimlich ein zweites Mal geheiratet hatte. Den Inhaber eines anderen sardischen Cafés, den sie letztes Jahr auf einer Straßencafé-Fachmesse getroffen hatte. Allerdings wohnte dieser am anderen Ende der Insel, und da Oma Gerda keine Fernbeziehung mehr wollte, war sie kurzerhand zu ihm gezogen, und sie betrieben nun sein Straßencafé zu zweit. Was bedeutete, dass ihr eigenes Straßencafé und die Wohnung darüber, in der sie bis vor Kurzem gelebt hatte, verwaist waren. Es war nämlich so, dass sich ihre vier besten Freundinnen in den letzten Jahren nach und nach verabschiedet hatten und weitergezogen waren. Die eine betrieb inzwischen ein Straßencafé auf Ibiza, die zweite ein Straßencafé in Kansas City, die dritte ein Straßencafé in Biberach an der Riss, und die vierte war Model für einen Pauschalreisenkatalog geworden. Da Oma Gerda jedoch sehr an ihrem ersten eigenen Straßencafé hing, wollte sie es nicht einfach hergeben. Deshalb hatte sie ihren einzigen Sohn und ihre einzige Schwiegertochter gebeten, nach Sardinien zu kommen und es zu übernehmen. Frederiks Mutter war Übersetzerin und konnte von überall aus arbeiten, und sein Vater hatte beschlossen, seinen Job in der Personalabteilung aufzugeben und stolzer Betreiber eines gut funktionierenden sardischen Straßencafés zu werden. Er hatte sowieso nach einer neuen Herausforderung gesucht. Und Frederik sollte mitkommen. Er war erbost.

»Nie im Leben!«, rief er. »Ihr könnt mich nicht zwingen! Ich bleibe hier!«

Doch seine Eltern waren unerbittlich. Auch auf Staub wollten sie nicht hören, der ihnen immer wieder beteuerte, dass Frederik doch bei ihm bleiben konnte. Nicht nur für ein Jahr, wie sie vereinbart hatten, sondern solange Staub lebte. Am Ende rannte

Frederik in sein Zimmer, schloss sich ein und weigerte sich, wieder herauszukommen. Seine Mutter forderte ihn auf, doch vernünftig zu sein, schließlich sei er doch erst elf. Sein Vater wurde laut. Frederik ignorierte sie beide. Sie kündigten an, am nächsten Tag wiederzukommen und ihn abzuholen. Frederik ignorierte sie weiter.

Ihre Stimmen drangen noch eine Weile verworren aus dem Wohnzimmer zu ihm, doch er verstand nicht mehr, was sie sagten, denn er hatte zu schluchzen angefangen. Ganz leise, damit sie ihn nicht hörten. Dann fiel die Wohnungstür ins Schloss, und Frederik hörte sachte Schritte, die sich seiner Zimmertür näherten.

»Frederik«, sagte Staubs Stimme von draußen.

Da öffnete Frederik die Tür und warf sich seinem Großvater in die Arme. Und Staub hielt ihn ganz fest.

28
Von dir zu gehn

V on dir zu gehn ist nicht unmöglich,
gerade heut, in unserer Zeit,
kann man sich schnell ein Ticket kaufen,
und schon ist man weg.
Die Reise ist nicht unerträglich,
man braucht ja nichts, als loszulaufen.
Doch was, oh was, ist denn der Zweck,
wenn alles in mir lauthals schreit?

Fort von dir kann man auch leben,
viele tun dies ja, na und?
Schau sie an, sie leben noch!
Ohne Zaudern, ohne Schwanken.
Haben andere Freunde eben.
Ist doch schön für sie, und doch:
Warum fühl ich bei dem Gedanken
mich so trostlos und so wund?

Ein Leben ohne dich zu führen,
ohne dich und dein Gesicht,
die Mehrheit aller Menschen schafft
dies, ohne dass sie schlimm erkrankt,
ohne tief in sich zu spüren,
dass die schlimmste Wunde klafft.
Doch der, der das von mir verlangt,
der mag oder der kennt mich nicht.

29
Na, sowas!

»Hast du das gelesen?«, rief Tante Rosemarie am nächsten Morgen, als sie am Küchentisch saß und die Zeitung las.

»Nein, was?«, fragte Aurelia. Sie kniete gerade vor dem Küchenschrank und suchte nach einem Topf für die Frühstückseier.

»Es ist etwas geschehen. Hier im Dorf! Das heißt: im Wald!«

Aurelia blickte verwundert zu ihr hoch. »Du meinst, ein Verbrechen? Hier?«

Tante Rosemarie nickte schnell und las vor:

»Lokalredaktion Abteienmoor: Wie es seit Jahrzehnten Brauch ist, soll auch in diesem Jahr am ersten Novemberwochenende das Waldfest stattfinden. Die Vorbereitungen laufen auf Hochtouren, und Besucher aus der ganzen Region werden erwartet. Doch Unbekannte haben am Festplatz im Wald ihr Unwesen getrieben. Die bereits angebrachte Lichterkette wurde durchgerissen, die Tische umgestoßen, und die Sitzbänke mittendurchgebrochen, als hätte ein Riese darauf Platz genommen. Am schlimmsten hat es jedoch den Würstchengrillwagen erwischt: Obwohl seine Bremsen angezogen waren, haben die Übeltäter es geschafft, ihn den Abhang hinunterzustoßen. Dies ist ein besonders herber Verlust, denn ohne seine gegrillte Rinderwurst mit Senf ist das Abtei-

enmoorer Waldfest undenkbar. Wo man in der Kürze der Zeit einen vergleichbaren Würstchengrillwagen auftreiben soll, muss noch herausgefunden werden. Es steht zu befürchten, dass das diesjährige Waldfest ausfällt. Die Motive der Täter sind noch unklar. Die Spurensuche ist am Tatort. Die Polizei ermittelt.«

Tante Rosemarie schüttelte den Kopf. »Was es nicht so alles gibt! Und sowas hier, in Abteienmoor. Vor unserer Nase.«

Aurelia blickte zu ihr hoch. »Ich würde das Waldfest nicht vermissen, wenn es nicht stattfinden würde«, sagte sie. Und das würde sie tatsächlich nicht. Sie wusste nämlich, woher die Rinderwurst mit Senf gewöhnlich stammte.

30
Ist der Wellensittich krank?

Z ur selben Zeit stand Familie Muschel besorgt um den Käfig ihres Wellensittichs herum. Es war üblich, dass der Wellensittich zur Frühstückszeit Gedichte rezitierte, zuweilen in ohrenbetäubender Lautstärke und vom Thema her nicht immer der Jahreszeit angepasst. Doch heute war er still und blickte nur verdrossen vor sich hin. Mama Muschel hatte in ihren ornithologischen Fachbüchern nachgeschlagen, was wohl der Grund hierfür sein könnte, aber keine zufriedenstellende Erklärung gefunden. Als es klingelte, atmeten alle erleichtert auf, und Papa Muschel schoss zur Tür.

»Hugo! Gott sei Dank!«

Hugo, der Tierarzt, hatte noch ein Sesambrötchen mit Käse und Gurken in der Hand, das er sich schnell zu Hause vom Frühstückstisch gegriffen hatte, als Muschels Anruf gekommen war. Jetzt biss er hinein und fragte mit vollem Mund: »Wie lange ist es denn her, dass er sein letztes Gedicht rezitiert hat?«

Das wusste keiner so genau. Man stellte verschiedene Theorien auf, und alle vier Muschels redeten laut durcheinander, bis kleiner Bruder Muschel auf den Frühstückstisch zeigte und schrie, dass die Glückskatze Kriemhild gerade dabei sei, die Milch aus dem Milchkännchen zu schlabbern. Dies sorgte für einen kurzen Tumult an anderer Stelle. Nachdem Kriemhild nach draußen verbannt worden war, wo ihr sogleich Kurt-Ludwig begeistert entgegeneilte, stellte sich die Ruhe ein, die Hugo, der Tierarzt, brauchte, um den Wellensittich genauestens zu untersuchen. Er konnte jedoch auch nichts anderes feststellen, als dass der Vogel stumm war und trübsinnig vor sich hin starrte. Ratlos nahmen alle vier Muschels und der Tierarzt am Frühstückstisch Platz, und Mama Muschel goss allen heißen Kakao ein.

»Vielleicht fehlt ihm ja nur die Inspiration«, mutmaßte Papa Muschel.

»Hoffentlich wird er wieder!«, seufzte Mama Muschel, und alle nickten traurig, denn sie hatten den Wellensittich gern.

Hugo, der Tierarzt, nahm einen großen Schluck aus seiner Tasse und biss in eine Brezel. Dann fragte er mit vollem Mund: »Habt ihr das vom Waldfest gelesen?«

»Oh, ja«, nickte Papa Muschel, »von den Randalierern. Von der durchgeschnittenen Lichterkette und dem abhandengekommenen Würstchengrillwagen.«

»Dabei wollte heute der Metzger kommen und die Kühe schlachten«, sagte Hugo, der Tierarzt. »Jetzt wird man wohl erst einmal abwarten, ob man einen neuen Würstchengrillwagen findet und das Waldfest überhaupt stattfinden kann. Aber vielleicht kommt der Metzger trotzdem. Sie können das Fleisch zur Not ja einfrieren.«

»Kühe schlachten? Welche Kühe?«, fragte Pandora Muschel alarmiert.

»Na, die Kühe auf der Weide. Draußen, neben Frau Feders Turm«, antwortete der Tierarzt und biss erneut in seine Brezel. »Für die Rinderwürstchen, weißt du? Sie halten die Kühe extra

für die Rinderwürstchen mit Senf, die es jedes Jahr beim Waldfest gibt.«

Pandora hatte schon Luft geholt, um zu protestieren, doch da
krächzte hinter ihr der Wellensittich in den höchsten Tönen:

>*Was ist das für ein Untier doch?*
Lauf, Jäger lauf!
Hat Ohren wie ein Blocksberg hoch!
Lauf Jäger, lauf Jäger, lauf, lauf, lauf,
mein lieber Jäger, guter Jäger, lauf, lauf, lauf,
mein lieber Jäger lauf, mein lieber Jäger lauf!«[7]

31
Und wozu?

»D u brauchst dich nicht hinter dem Vorhang zu verstecken«, sagte Aurelia, »ich habe dich gesehen.«

Triumphierend trat die Andere hervor und baute sich mit verschränkten Armen vor Aurelia auf. Eine Weile standen sie da und blickten einander ins Gesicht. Die Andere wartete offensichtlich auf eine Reaktion von Aurelia. Als keine kam, sagte sie: »Ich bin wieder da.«

»Das sehe ich«, antwortete Aurelia. »Wie mutig von dir! Kaum, dass Tante Rosemarie hinausgegangen ist, um die Hühner zu füttern!«

»Du glaubst wohl, du kannst mich fernhalten«, spie die Andere plötzlich, »das kannst du nicht! Du wirst mich nicht los!«

Aurelia drehte sich um und ging aus dem Zimmer. Die Andere folgte ihr und packte sie am Oberarm. Aurelia zuckte zusammen.

»Er kommt nicht mehr, weißt du?«, raunte die Andere dicht neben ihr. »Diego kommt nicht mehr zurück. Selbst wenn er wollte, er hätte nicht den Mut dazu. Nie und nimmer, Aurelia, nie und nimmer!«

»Glaubst du, das weiß ich nicht?«, fragte Aurelia und schüttelte mit einem Ruck die eisige Hand der Anderen ab. »Lass mich in Frieden, ich habe zu tun.«

Mit diesen Worten wollte sie Richtung Küche gehen, aber die Andere hielt sie an beiden Schultern fest. Ihre Fingernägel bohrten sich in Aurelias Haut.

»Hast du nicht verstanden? Du wirst ihn nie wiedersehen! Du bleibst hier allein mit der Dunkelheit und der Leere. Und mit mir! Natürlich mit mir! Denn ich werde in jeder Ritze lauern, dir auf dem Fuß folgen, mich zwischen dich und alle drängen, dich −«

»Und wozu?«, unterbrach Aurelia sie. »Wozu das Ganze?«

Die Andere blickte sie erstaunt an. Sie hatte riesige dunkle Augen. »Wozu? Das fragst du allen Ernstes?«

»Aurelia!«, ertönte plötzlich Tante Rosemaries Stimme aus dem Treppenhaus, »Komm schnell! Die ersten Küken sind geschlüpft!« Und als sie durch die Tür kam, sah sie Aurelia alleine im Flur stehen.

32
Niemals mehr

Geht der Sommer zu Ende,
sag ich der Wärme adieu
und ich öffne die Hände
für Herbstlaub und Schnee.
Kein Grund, um zu leiden,
kein Anlass für Frust.
Ich weiß ja: Beizeiten
wird es wieder August.

Der Tropfen fällt nieder
als Regen ins Meer.
Nur er kommt nicht wieder,
niemals mehr.
Der Himmel wird blauer,
mein Lächeln hängt schief,
und meine Trauer
ist ozeantief.

33
Bissspuren

»**D**a zwick mich doch ein Elch!«, rief der Mann im Schutzanzug und hielt die zwei losen Enden einer einst intakten Lichterkette in die Höhe, »Das sind doch Bissspuren!«

»Aber wer beißt denn eine Lichterkette durch?«, fragte sein Kollege, der mit einer riesigen Lupe den Waldboden absuchte. »Glaubst du an Vampire in Abteienmoor?«

»Man kann nie wissen«, antwortete der mit der Lichterkette. »Du hast ja gesehen, wie zerkratzt und zerstochen und eingedellt der Würstchenwagen war. Sowas hab ich noch nie erlebt! Wenn du mich fragst: Da ist etwas Unheimliches im Spiel!«

Dem mit der Lupe jagte ein Schauer den Rücken hinab, und just in diesem Moment entdeckte er den Abdruck im Waldboden und schrak zusammen.

»Ich glaube«, sagte er zu dem mit der Lichterkette, »ich glaube, dein Vampir hat Hufe.«

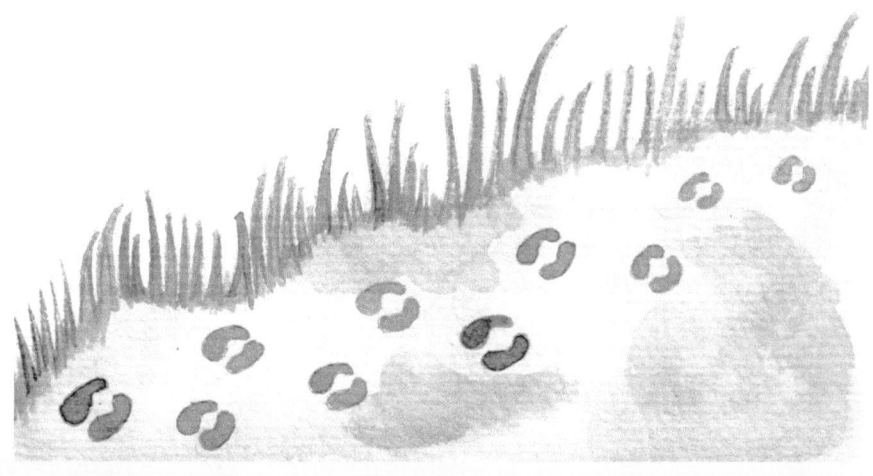

34
Mitverstecken

Als Pandora am alten Schulhaus sturmklingelte, um Frederik zu erzählen, dass die Kühe in Gefahr waren und ein Plan her musste, öffnete ihr Professor Staub mit besorgtem Blick die Tür.

»Frederik geht es heute nicht gut«, sagte er. »Er wollte nicht aufstehen.«

Pandora schob sich an ihm vorbei und flitzte, ohne anzuklopfen, in Frederiks Zimmer. Sie schoss auf ihn zu, sodass er glaubte, sie würde aufs Bett springen, aber direkt vor der Bettkante ließ sie sich auf die Knie fallen, stützte die Ellbogen auf die Matratze und das Kinn auf die Hände und fragte: »Was ist los mit dir, lieber Frederik?«

»Pandie!«, rief Frederik überrascht. Er setzte sich im Bett auf und sah plötzlich gar nicht mehr so aus, als würde es ihm nicht gutgehen.

»Ich muss unbedingt mit dir reden!«, sagten beide gleichzeitig. Dann lachten sie kurz, blickten aber sofort wieder ernst drein, denn was sie einander zu sagen hatten, war nicht zum Spaßen. Und Frederik erzählte Pandora von seinen Eltern, von Oma Gerdas Straßencafé auf Sardinien und von dem Umzug, der schon heute stattfinden sollte. Pandora war fassungslos. Sie wurde ganz weiß im Gesicht. Sogar die Tupfen auf ihrer Nase schienen zu verblassen, und einen Augenblick lang glaubte Frederik, sie würde zu weinen anfangen. Doch dann sagte sie mit fester Stimme: »Das lassen wir nicht zu! Wir müssen dich verstecken! Sofort!«

Das war ein Plan! Und Frederik spürte, wie er wieder lebendig wurde. »Versteckst du dich mit mir?«, fragte er.

Sie nickte. »Aber, Frederik«, warf sie ein, »wir verstecken uns nicht allein. Wir müssen noch jemanden mitverstecken.«

»Wen denn?", fragte Frederik verwirrt, »Etwa Staub? Ich glaube nicht, dass er in Gefahr ist. Meine Eltern wollen ihn sicher nicht auf Sardinien dabei haben.« Er lachte bei der Vorstellung. »Dort gibt es ganz bestimmt keinen Platz für seine vielen alten Bücher.«

»Nein«, sagte Pandora. »Nicht Staub. Die Kühe.«

Und sie erzählte ihm, was sie vom Waldfest gehört hatte und den schlimmen Rinderwürstchen mit Senf. Dass es den Kühen an den Kragen gehen sollte, und zwar bald, und dass es niemanden auf der Welt gab, der etwas dagegen ausrichten konnte. Niemanden, außer ihnen beiden: Frederik Staub und Pandora Muschel.

Am liebsten wären sie gleich losgerannt, doch Professor Staub bestand darauf, dass Frederik sich zuerst anzog, wusch und sich die Zähne putzte. Frederik hätte ihn gerne in ihren Plan eingeweiht, doch das war zu gefährlich. Wenn Staub etwas wusste, könnte der Feind ihn schnappen und foltern, und das galt es um jeden Preis zu vermeiden. Deshalb umarmte ihn Frederik einfach noch etwas heftiger als sonst und rief »Sei unbesorgt, großer Häuptling Bücherstaub!« Dann war er weg, dicht gefolgt von Pandora Muschel.

Staub seufzte.

Sie rannten und rannten, und erst als die Kuhweide schon in Sicht kam, fiel Frederik auf, dass der Plan einen Haken hatte.

»Pandie«, keuchte er, »Wir brauchen ja noch ein Versteck! Eines, das groß genug ist für zwei Kinder und achtzehn Kühe!«

»Ich weiß eines«, keuchte Pandora zurück, ohne stehen zu bleiben, »ein richtig gutes. Eine Höhle im Wald. Ich habe sie entdeckt, als wir Kurt-Ludwig zum vierten Mal ausgesetzt haben. Nicht auf der Seite, wo das Fest sein soll, sondern ganz tief hinten, wo die Tannen dicht stehen. Da finden die uns nie!«

»WAS?«, rief Frederik und erstarrte beinahe mitten im Rennen, »Du willst eine Kuhherde am helllichten Tag in den Wald treiben? Und glaubst, dass keiner uns sieht?«

»Hast du eine bessere Idee?«, rief sie zurück, und da hatten sie die Weide schon erreicht. Zu ihrer Verwunderung standen alle Kühe im Kreis.

»Wie früher bei Opa Staubs Lehrerkonferenzen«, murmelte Frederik beeindruckt.

Da drehte eine der Kühe sich um und blickte Pandora in die Augen. Sie blickte so wissend, so klug, so erwartungsvoll, dass Pandora alle Scheu vergaß.

»Keine Angst«, rief sie der Kuh zu, »wir wissen Bescheid! Wir holen euch da raus! Der Metzger kriegt euch nicht!«

Sie machte sich an dem Tor zu schaffen, mit dem die Weide verschlossen war. Und im selben Moment setzte sich die gesamte Kuhherde in Bewegung und kam auf das Tor zu.

Aurelia Feder hatte schon einige Stunden an ihrem Schreibtisch gesessen und an ihrer Forschungsarbeit geschrieben, als sie plötzlich ein Geräusch vernahm, wie wenn man mit einem Stein auf Eisen schlug. Immer und immer wieder hörte sie es, und es kam aus der Richtung der Kuhweide. Da packte Aurelia ein eisiger Verdacht: War der Metzger gekommen? War er dabei, die Kühe abzuholen? Und sie stürmte durch den Flur und schaute auf der anderen Seite zum Fenster hinaus. Doch Aurelia Feder sah keinen Metzger. Zumindest noch nicht in diesem Moment. Sie sah Frederik Staub, wie er mit einem letzten Schlag das Schloss zum Weidetor knackte, und sie sah Pandora Muschel, die das Tor aufzog, und sie sah eineinhalb Dutzend Kühe, die auf der anderen Seite des Tors ungeduldig warteten und mit den Klauen scharrten. Und sie begriff mit einem Schlag, was los war. Und in derselben Sekunde sah Aurelia Feder noch etwas anderes. Sie sah einen Transporter die Küstenstraße hinaufkommen. Noch war er weit weg, aber er war unverkennbar. Es war der Transporter des Metzgers. Und noch bevor sie überhaupt wusste, dass sie eine Entscheidung getroffen hatte, riss sie das Fenster auf und rief hinaus: »PANDORA! HIERHER, SCHNELL!«

Und Pandora und Frederik kannten den neuen Plan nicht, und die achtzehn Kühe kannten ihn auch nicht, aber wenn Frau

Feder einen rief, kam man, ganz besonders, wenn man in der Klemme saß und ihre Stimme verhieß, dass der neue Plan gut war. Frau Feder konnte man vertrauen. Immer. So stürmten zwei Kinder und eineinhalb Dutzend Kühe auf den Turm zu, als wäre der Metzger hinter ihnen her, und tatsächlich war er das auch, und er parkte seinen Transporter gegenüber der Weide und stieg auf der einen Seite aus und auf der anderen Seite der Bauer, dem die Kühe gehörten.

In jeder guten Geschichte würde nun berichtet, dass die letzte Kuh im Turm verschwand und die Tür hinter ihr zuschlug, genau in der Sekunde, bevor der Metzger und der Bauer herüberblickten. Aber – ohje – hier hat diese Geschichte wohl einen Makel, denn der Metzger und der Bauer blickten herüber, lange bevor die letzte Kuh im Turm verschwand und die Tür hinter ihr zuschlug, und sie sahen ganz genau, was los war, auch wenn sie ihren Augen kaum trauen konnten, denn was hatten achtzehn Kühe in einem Wohnturm zu suchen? Dann setzten sie sich in Bewegung, rannten auf den Turm zu und hatten ihn schon fast erreicht, als eines der oberen Fenster aufgerissen wurde und Tante Rosemarie ganz verzweifelt herunterschrie: »HIIIIILFE, DAS ZIRKUSZELT BRENNT!« und in die Ferne zeigte. Verwirrt fuhren der Metzger und der Bauer herum und suchten in der Richtung, in die sie zeigte, nach einem brennenden Zirkuszelt, und wenn sie klug gewesen wären, hätten sie dies nicht getan, denn Tante Rosemarie zeigte aufs Meer, und dort war kein Zirkuszelt, und ganz bestimmt kein brennendes. Aber die Ablenkung verschaffte genau die extra Zeit, die nötig war, damit die letzte Kuh im Turm verschwinden und Aurelia die Tür hinter ihr zuschlagen konnte. Dann verschwand auch Tante Rosemarie wieder im Inneren des Turms und schloss ordentlich das Fenster, als ob nichts gewesen wäre. Der Metzger und der Bauer waren außer sich vor Zorn.

35
Kirchenasyl

In der kleinen Kapelle mit den bunten Fenstern war es eng geworden. Und in all den Jahrhunderten, die diese kleine Kirche schon erblickt hatte, war sie nie so von freudigem Muhen erfüllt gewesen. Die Kühe waren gerettet. Vorerst. Die Zehnte stand ganz dicht neben Pandora Muschel. Wie sie dieses Mädchen liebte! Am liebsten hätte sie ihr mit ihrer großen Kuhzunge quer über das Gesicht geleckt, aber in diesem Moment hörte man lautes Poltern an der Eingangstür.

»Das ist Diebstahl!«, hörten sie den Bauern wüten. »Gebt mir meine Kühe wieder!«

»Sie haben wohl noch nie etwas von Kirchenasyl gehört!«, rief Aurelia zurück. »Solange die Kühe in meiner Kapelle sind, rührt keiner sie an!« Aber sie fragte sich, wie lange eineinhalb Dutzend Kühe in ihrer Kapelle bleiben konnten.

Im Laufe des Vormittags versammelten sich immer mehr Menschen vor dem Turm. Die Lokalzeitung war gekommen, hatte Fotos von der verlassenen Weide, dem offenstehenden Weidetor und der verschlossenen Turmtür geschossen und versuchte nun immer wieder, Tante Rosemarie, die aus einem der oberen Turmfenster herabblickte, zu einem Interview zu überreden. Der Waldfestverein hatte sich dem Kuhbauern und dem Metzger angeschlossen und forderte zusammen mit ihnen die Kühe zurück, jetzt, wo sie gerade einen neuen Würstchengrill aus einem Nachbardorf ergattert hatten. Und gegen Mittag kam die Polizei. Mit bangem Blick sahen Pandora und Frederik einander an. Was würde jetzt geschehen?

Tante Rosemarie hatte Eimer mit Wasser für die Kühe heruntergebracht, außerdem zwei Packungen Haferflocken, ein Backblech voll zerkleinerter Karotten und Aurelias Teekräutervorrat. Doch der Proviant ging schnell aus, und die ersten Kühe erweckten den Eindruck, den Kapellenboden nicht mehr lange sauberhalten zu können.

»ÖFFNEN SIE DIE TÜR!«, erschallte es da aus einem Megaphon. »ÖFFNEN SIE DIE TÜR! DER TURM IST UMSTELLT!«

Ängstlich linste Pandora durch eines der bunten Fenster nach draußen, und da sah sie sie: Mama, Papa und kleiner Bruder Muschel! Sie waren gekommen und standen vor dem Turm. Papa Muschel gestikulierte wild herum und redete auf den Metzger und den Kuhbauern ein. Mama Muschel schien sich mit einem der Polizisten zu streiten. Ganz verdattert und verängstigt sah der schon aus. Und kleiner Bruder Muschel sah Pandora durch das Kapellenfenster schielen, grinste ihr über sein ganzes kleines Gesicht zu, hob die Arme und zeigte ihr, dass er ihr beide Daumen drückte. Das war gut. Das war alles sehr gut. Doch dann sah sie aus dem Augenwinkel eine Bewegung, und ihr Herz setzte einen Schlag lang aus. Es war der riesige Hund, der alles fraß, was nicht nied- und nagelfest war. Und er machte sich gerade daran, den linken Hinterreifen am Transporter des Metzgers zu zerbeißen. Das an sich war nicht schlimm. Im Gegenteil. Aber wenn der riesige Hund es geschafft hatte, Mama, Papa und kleinem Bruder Muschel hinterherzulaufen, dann bedeutete das, dass jemand das Gartentor hatte offenstehen lassen. Und dann, konnte auch –

»DA IST EIN WILDSCHWEIN!«, grölte eine Männerstimme, »UMZINGELT ES, SCHNELL!«

Etwas quiekte markerschütternd. Und Pandoras Herz gefror zu Eis.

106

36
Wie im Traum

W as dann geschah, erlebte Pandora Muschel wie in einem bizarren Traum.

Ohne Ankündigung entriegelte Frederik die Tür des Turms, stürmte mit Tante Rosemaries Backblech bewaffnet nach draußen und donnerte es direkt über den Köpfen der Männer, die Kurt-Ludwig festhielten, gegen die Gartenmauer. Der ohrenbetäubende Knall ließ die Männer in alle Richtungen auseinanderspringen. Kurt-Ludwig befreite sich, raste die Einfahrt entlang, und nach einer kurzen Hetzjagd hatten sich Mama und Papa Muschel über ihn geworfen, ihn mit vereinten Kräften hochgehoben und zu ihrem Auto geschleppt, wo sie ihn auf der Rückbank abluden und die Tür hinter ihm zuschlossen. Pandora schossen die Tränen in die Augen. Kurt-Ludwig quiekte empört, verlangte, rausgelassen zu werden, und drückte sich den Rüssel an der Fensterscheibe platt. Der Kuhbauer und der Metzger stürmten in den Turm und forderten die Kühe zurück, dicht gefolgt von zwei Polizisten. Der Bauer schrie, dass er Aurelia Feder verklagen wolle. So viel Geld habe ihm der Waldfestverein für die Rinderwürste geboten, sollte er denn darauf verzichten müssen? Ruiniert sei er, ruiniert! Und das nur wegen ihr und zwei Kindern! Seine Kühe wolle er zurückhaben, sofort! Woher sonst sollte der Verein auf die Schnelle eineinhalb Dutzend Kühe nehmen? Außerdem müssten es Kühe aus Abteienmoor sein, wie es das Abteienmoorer Waldfest nun einmal verlangte. Aurelia und Tante Rosemarie schrien etwas zurück, was Pandora nicht mehr verstand, und der Metzger fragte immer wieder, ob man glaube, er hätte nichts anderes zu tun, als hier rumzustehen und zu warten. Pandora fand die Frage dämlich, nahm sie aber nur noch ganz am Rande wahr. Die Kühe muhten wild durcheinander, und Pandora glaubte, wahrzunehmen, dass die eine von ihnen sich bei den anderen Gehör verschaffte, als würde sie in einer geheimen Kuhsprache zu ihnen sprechen. Aber nur noch von fern, von ganz, ganz fern, nahm Pandora dies wahr. Und dann – ja, wirklich wie in dem erstaunlichsten aller Träume – kam Professor Henri-Jonathan Staub hereinspaziert, als ob es sein Turm wäre, majestätisch und mit sanfter Autorität, und sagte zum Kuhbauern, dass er seine Kühe kaufe. Alle. Samt Weide. Und dass er neununddreißig Prozent mehr biete als der Waldfestverein. Sein Enkel wünsche sich nämlich schon länger ein Haustier. Da gab es einen Tumult, und die Männer vom Waldfestverein begannen, laut zu schimpfen. Woher sie denn jetzt die gute Rinderwurst für ihr Waldfest nehmen sollten, herzaubern, etwa? Hunderte von Menschen würden erwartet, alle kämen nur wegen der Wurst, und nun? Finanzielle Verluste drohten, der Ruin, und nie mehr das Abteienmoorer Waldfest! Eine jahrhundertealte Tradition sei dahin, und alles nur wegen Staub, ein paar Frauen und Kindern. Und dann – grotesker hätte der Traum nicht werden können – rief Tante Rosemarie, alle sollten einmal leise sein, denn sie habe etwas zu verkünden. Sie selbst wolle neue Hauptsponsorin des Waldfestes sein mit ihren selbstgemachten Dinkelbrätlingen mit Ingwerstückchen und Rosenpfeffer. Zufällig sei gerade eine Pfanne voll fertig geworden, und sie könne Kostproben verteilen. Da brach erneut ein Tumult aus.

Aber all dies nahm Pandora Muschel längst überhaupt nicht mehr wahr. Denn zu diesem Zeitpunkt war sie schon aus dem Turm gerannt, auf Frederik zu, der noch immer mit seinem Backblech an der Mauer stand. Und Frederik sah sie kommen und war sich sicher, dass sie anhalten würde, kurz bevor sie ihn erreicht haben würde, so wie immer. Aber das tat sie nicht. Pandora Muschel rannte, bis sie mit ihm zusammenstieß. Dann schlang sie die Arme um Frederik und küsste ihn mitten ins Gesicht, irgendwo zwischen Nasenflügel und Oberlippe. Einen langen, langen Augenblick lang.

37
Ein Lied vom Glück

Manchmal singt das Glück für dich Lieder
und der, den du liebst, liebt dich wieder.
Ein Himmel voll Farben,
ein Sternengoldstück.
Glück muss man haben,
manchmal hat man Glück.

Lässt du es nicht rein,
so zerbricht es wie Glas.
Ohne Glück kann man sein,
doch das macht keinen Spaß.

Wenn du es verschenkst,
kommt es immer zurück.
Und wenn du es empfängst,
dann ergreife das Glück.

Manchmal singt das Glück für dich Lieder
und der, den du liebst, liebt dich wieder.
Manchmal, oh, manchmal, da küsst dich das Glück,
und der, den du liebst, liebt dich einfach zurück.

38
Das Waldfest

P andora hatte bis zuletzt befürchtet, dass es nun Kühe von
anderswoher treffen würde. Aber Aurelia Feder versicherte
ihr, dass die neue Hauptsponsorin des Waldfestes Bedingungen
gestellt und sich durchgesetzt habe. Seit vierundzwanzig Stunden hatte Tante Rosemarie fast ununterbrochen in der Küche
gestanden. Der ganze Turm roch schon nach Dinkelbrätlingen
mit Ingwerstückchen und Rosenpfeffer. Es würde zum ersten
Mal in der langen Geschichte des Abteienmoorer Waldfestes
keine Rinderwürste geben.

Familie Muschel war früher nie zum Waldfest gegangen, aber
in diesem Jahr konnten sie nicht anders. Als sie mit ihren Fahr-
rädern Richtung Wald radelten, sahen sie von fern Staubs neue
Kuhherde, die friedlich auf ihrer Weide graste. Pandora und Frederik hatten begonnen, für jede Kuh einen Namen auszusuchen.
Auch erste Melkerfahrungen hatten sie bereits gemacht. Ob Frederiks Eltern schon abgereist waren? Pandora schmunzelte, als
sie an die Szene vom Vortag dachte. Als der Trubel rund um Frau
Feders Turm sich aufzulösen begonnen hatte, als der Waldfestverein und Tante Rosemarie ihre Verhandlungen abgeschlossen
hatten, als sowohl die Polizei als auch der Kuhbauer und der
Metzger sich zurückgezogen hatten, Frau Feder und Professor
Staub gerade dabei waren, die fröhlich muhenden Kühe zurück
auf ihre Weide zu führen, und Frederik und Pandora immer
noch Arm in Arm und Wange an Wange in der Einfahrt standen

und ganz vergessen hatten, dass ja nicht nur die Kühe in Gefahr gewesen waren, sondern auch Frederik, räusperte sich plötzlich jemand neben ihnen. Als Pandora Frederiks Eltern sah, hielt sie Frederik unwillkürlich noch ein bisschen fester.

»Frederik«, sagte seine Mutter, legte eine Hand auf Frederiks Rücken und ging neben den beiden in die Hocke. »Frederik, dein Vater und ich haben gesehen, was passiert ist. Wir – Du musst nicht mit nach Sardinien kommen, wenn du lieber hier bleiben möchtest. Ich glaube, wir können dich jetzt besser verstehen.«

Ja, Frederik wollte sehr wohl lieber bleiben, und Pandora wollte, dass er blieb. Und als Muschels den Waldweg entlang zum Waldfestplatz holperten und die neue Lichterkette in Sicht kam, suchte Pandora in der Menge nach Frederik. Sie fand ihn zusammen mit seinem Großvater vor Tante Rosemaries Grillwagen stehen und schoss wie ein Blitz auf ihn zu. Kurz bevor sie ihn erreicht hatte, hielt sie an, ein breites Grinsen auf dem Gesicht.

»Wie schmecken Tante Rosemaries Dinkelkuchen?«, fragte sie.

»Der Senf passt nicht dazu«, antwortete er, und sie lachten beide. Dann blickten sie beide ernst drein.

»Deine Eltern?«, fragte sie.

»Unterwegs nach Sardinien«, entgegnete er und lächelte.

»Dann bleibst du jetzt für immer hier!«, sagte sie leise.

Er nickte. »Solange mein Häuptling Bücherstaub mich lässt.«

Dieser drehte sich zu ihnen um, als er seinen Namen hörte. »Natürlich bleibst du hier, Junge. Du kannst schließlich deine Kuhherde nicht im Stich lassen.« Dann schweifte sein Blick durch die Menge, und er sah Aurelia, die angespannt und blass wirkte. Und als Staub ihrem Blick folgte, verstand er auch, warum. Oh je, und er kam direkt auf sie zu.

»Laurenz«, sagte Aurelia mit rauer Stimme.

Sie hatte ihn seit vielen Jahren nicht mehr gesehen und bestimmt nicht erwartet, dass er hierher kommen würde. Er wusste doch sicherlich, dass sie jetzt wieder hier lebte. Bestimmt wollte er ihr doch aus dem Weg gehen! Doch Laurenz Hendersson strahlte sie an. Er sah noch fast genauso aus wie damals, als sie ihn hatte vor dem Standesamt stehen lassen. Groß und weißblond und freundlich.

»Aurelia«, sagte er schließlich, »ich habe mich immer gefragt, wie es dir wohl geht. Und als ich dich heute Morgen in der Zeitung gesehen habe, wie du vor deinem Turm stehst und mit der Polizei verhandelst, habe ich das zum Anlass genommen, mal wieder Ausschau zu halten nach dir.«

Er redete weiter und sagte, wie originell und bewundernswert ihr Einsatz für die Kühe und ihre Hilfsbereitschaft gegenüber den beiden Kindern gewesen sei, dass er die Geschichte voll Freude gelesen habe und darin genau seine alte Freundin Aurelia wiedererkannt habe, wie sie leibt und lebt und wie sie schon immer war. Und Aurelia konnte nicht anders, als zu staunen. Benahm sich so ein Mann gegenüber der Frau, die ihn am Hochzeitstag verlassen hatte? Aber es war so typisch für Laurenz, dass er von allen nur Gutes dachte und niemandem böse sein konnte. Sie hörte kaum, was er sonst noch erzählte, bis er sagte »und da habe ich Alicia und die Kinder gefragt, ob sie nicht Lust hätten, nach Abteienmoor zu fahren und auf das berühmte Waldfest zu gehen.« Bei diesen Worten warf er sein strahlendes Lächeln jemandem zu, der hinter Aurelia stehen musste, und als sie sich umdrehte, sah sie eine hübsche Frau mit langen, kastanienfarbenen Haaren, die genauso strahlte wie Laurenz und zwei weißblonde kleine Kinder an der Hand hielt.

»Ich bin Alicia«, sagte die Frau und streckte Aurelia gleich die Hand entgegen. »Laurenz hat schon so viel von dir erzählt!«

Benommen nahm Aurelia Alicias Hand und schüttelte sie, und noch während sie nach Worten rang, hörte sie Tante Rosemaries Stimme neben sich sagen: »Aurelia, ich brauche dringend Unterstützung, beim Ingwerschnippeln. Bitte komm und hilf mir, Kind!«

Erleichtert bat Aurelia um Entschuldigung und folgte Tante Rosemarie zum Grillwagen. Sie hatte schon das Messer in der Hand, als sie verwundert feststellte, dass eine große Schüssel fein geschnittener Ingwerstücke auf dem Arbeitstisch stand und es für sie nichts mehr zu tun gab. Sie drehte sich nach Tante Rosemarie um, und Tante Rosemarie lächelte verschmitzt.

39
Ende gut

Zwei Tage dauerte das Waldfest, und viele Besucher aus der ganzen Umgebung kamen und feierten mit.

Ich weiß nicht, ob es bei den künftigen Waldfesten dabei blieb, dass Dinkelbrätlinge mit Ingwerstückchen und Rosenpfeffer statt Rinderwürsten mit Senf serviert wurden, aber ich hoffe es sehr. Und ich bin bei diesem sonderbaren Waldfest, das bestimmt vielen Menschen in Erinnerung bleiben wird, niemandem, aber wirklich gar niemandem, begegnet, dem Tante Rosemaries Brätlinge nicht geschmeckt hätten.

Pandora und Frederik lebten fröhlich und unbeschwert und zeigten der Welt, was Freundschaft heißt. Außerdem lernten sie, wie die Meister zu melken, und gerade jetzt feilen sie an einer Marketingstrategie für Milch der glücklichsten Kühe der Welt, denn kein Mensch kann so viel Milch trinken, wie eineinhalb Dutzend Kühe jeden Tag geben.

Frederiks Eltern kamen manchmal zu Besuch. Vorsorglich steckte Frederik den Schlüssel von innen in seine Zimmertür, wenn sie sich ankündigten, aber bislang hatte er ihn zum Glück nicht mehr benutzen müssen. Es ging ihnen gut bei Oma Gerda auf Sardinien, auch wenn sie zuweilen ihren Sohn vermissten.

Muschels Schildkröte hat noch einiges gestohlen, und manches davon hat Muschels großer Hund gefressen, der so viele Jahre zuvor der Grund gewesen war, warum Mama und Papa Muschel sich überhaupt kennenlernten. Kleiner Bruder Muschel beschloss, sich eigene Freunde zu suchen und eine ebenso coole Bande zu gründen wie Pandora und Frederik Staub es waren. Kurt-Ludwig gab sich die größte Mühe, so wenig wie möglich auf Muschels Grundstück zu zerstören, und manchmal hatte er Erfolg damit. Seit den Ereignissen mit dem Backblech und der Gartenmauer hatte er eine besondere Vorliebe für Frederik entwickelt. Kriemhild hatte Kurt-Ludwig auch fortan von Herzen gern, und hieb ihm – wenn ihr seine Aufmerksamkeiten zu viel wurden – öfter einmal mit der Pfote auf den Rüssel. Selbstverständlich mit eingezogenen Krallen. Der Wellensittich horchte weiterhin genau, was Papa Muschel unter der Dusche sang, merkte es sich gut und rezitierte es bei der nächsten Gelegenheit. Von Verdrossenheit war ihm keine Spur mehr anzumerken. Muschels Kaninchen verhielten sich auch künftig absolut vorbildlich und unauffällig, sodass es von ihnen eigentlich kaum etwas zu erzählen gibt. Der Tierarzt Hugo kam noch häufig bei Muschels vorbei und rettete Muschels Tiere aus den verschiedensten Nöten. Es ist praktisch, einen Tierarzt zum Freund zu haben. Oder eine Ornithologin zur Freundin.

Diego Santorino de Silva kam, wie erwartet, tatsächlich nicht mehr zurück. Niemand weiß, was aus ihm geworden ist, und es interessiert auch die wenigsten.

Laurenz Henderrson lebte ein glückliches Leben mit Alicia und den Kindern. Das Gute, das er anderen tat, kam zu ihm zurück.

Und genauso war es auch mit Tante Rosemarie, diesem Menschen voller Liebe. Sie war willkommen und gerngesehen, wohin sie auch kam, und wenn sie wieder ging, fehlte sie.

Und die Andere? Ja, sie war eben die Andere, und manchmal kam es darauf an, wie viel Platz man ihr einräumte in seinem Leben.

So erging es also den Charakteren in dieser Geschichte. Habe ich jemanden vergessen? Ach, ja.

40
Federmeer und
Bücherstaub

E s hatte geschneit und war eisig kalt, aber der Himmel war
blau.

Die beiden standen dort, wo das Meer gegen die Klippen
schlug, und blickten in die Ferne. Der alte Professor und seine
ehemalige Schülerin. Das Mädchen, das er damals gerne abge-
lehnt hätte, weil sie die Tochter dieses ungeliebten Alles-Ka-
puttmachers Thaddäus Feder war. Das Mädchen, das er ins Herz

geschlossen hatte, seit er es zum ersten Mal gesehen hatte – gerade so, wie es ihm auch mit ihrer Mutter ergangen war. Aurelia Feder war etwas Besonderes, sie war ein Teil seines Lebens geworden. Und er war ein Teil ihres Lebens geworden. Sie hatte so vieles von ihm und mit ihm zusammen gelernt. Immer wieder hatte Aurelia Feder voller Trauer Menschen loslassen müssen, die sie geliebt hatte. Aber zwei waren ihr immer geblieben: Tante Rosemarie und Professor Staub. Bücherstaub. Sie mochte diesen Kosenamen, er passte zu ihm. Sie hatte ihn heimlich von Frederik geklaut und nannte den Professor im Gedanken nun auch bei diesem Namen. Dafür nannte er sie heimlich Federmeer. Sie hatte die Weite und die Tiefe des Ozeans vor ihrer Haustür angenommen. Manchmal schien sie federleicht und heiter zu sein, doch er wusste, dass auf ihrem Grund nicht nur Gold und Silber schlummerten, sondern auch Zerbrochenes, Rostiges, Verlorengegangenes. So wie der Meeresboden Schiffe barg, die im Sturm zerborsten und versunken waren, um nie mehr geborgen zu werden.

»Wer ist dieser Besuch, mit dem du immer wieder kämpfst?«, rief er ihr über das Rauschen des Meeres hinweg zu.

Sie versuchte, ihn verständnislos anzublicken.

»Ach komm«, rief er, »ich kenne dich. Ich habe dich beobachtet. Seit Jahren. Und es ist wieder schlimmer geworden.«

Sie schwieg.

Er schwieg auch, und vielleicht hoffte sie, er würde das Thema begraben. Vielleicht kannte sie ihn jedoch zu gut dazu. Und vielleicht war es an der Zeit, jemandem von der lange verschwiegenen Anderen zu erzählen.

»Es hat mit Diego Santorino de Silva zu tun«, sagten sie beide gleichzeitig und blickten einander erstaunt an.

»Es hat mit Diego zu tun«, wiederholte Aurelia und richtete ihren Blick aufs Meer. »Ich habe Angst. So eine furchtbare Angst.«

Und sie erzählte ihm die Geschichte, ihre lange Geschichte mit der Anderen. Wie die Andere aus dem Nichts aufgetaucht war, als Diego seine Freundschaft und seine Liebe fortgenommen hatte. Wie die Andere sich als kalte Hand um ihr Herz gelegt und ihr die Freude an allem, was schön war, gestohlen hatte. Wie sie plötzlich erschien, wenn Aurelia an Diego dachte, wenn sie an Orten war, die sie mit ihm verband, wenn sie ihn so schrecklich vermisste, dass es kaum noch auszuhalten war. Dann warf die Andere sich über sie, als wollte sie sie verschlingen, alles Licht in ihr auslöschen. Und sie erzählte, wie sie manchmal nichts als Leere empfand, wenn sie in ihre Zukunft blickte, an eine Unendlichkeit dachte, die sie ohne Diego verbringen musste. Nichts als Leere, Leere, Leere. Und eine furchtbare Angst. Denn das war ihr Name: Die Andere hieß *Angst.*

»Manchmal bete ich darum, dass sie verschwindet. Dass ich ihn gehen lassen kann und wieder heil werde. Aber dann kommt mir die Ahnung, dass man vielleicht irgendwann unheil bleibt. Vielleicht sind die meisten Menschen so traurig und hoffnungslos wie ich es manchmal bin.«

Staub nickte. Nein, es heilte nicht alles mehr. Manches heilte nie. Aber das hieß nicht, dass man verloren war.

»Lass die Angst nicht gewinnen. Du hast so viel Schönes, du hast uns alle, du –«

Er rang nach Worten. Sie half ihm.

»Gegen die Angst hilft die Liebe. Und davon habe ich viel.«

Er blickte sie von der Seite an.

»Mache alles mit Liebe«, zitierte sie. „Folge deinem Herzen und schaue, wohin es dich führt.«[8] Sie lächelte. »Ein Kinderbuch hat mir das eingebläut.« Sie wurde wieder ernst. »Glauben Sie, man kann einen Menschen für immer lieben? Auch wenn er schon lange nicht mehr da ist? Selbst, wenn er einen vergessen hat?«

Staub schluckte. »Ja«, antwortete er, »ich glaube, das kann man. Ich weiß, dass man das kann.«

Aurelia nahm wohl an, dass er an Gerda dachte, seine weltreisende Frau. Die Geschichte von Staub und Jolande kannte sie nicht und würde sie nie kennenlernen. Außer, Frederik versuchte, ein Geheimnis daraus zu machen. Aber Staub kannte die Geschichte von Aurelia und Diego, hatte sie lange mitverfolgt. Er hatte nicht anders gekonnt, als Diego die besten Noten zu geben, denn im Lernen war Diego stets ein Genie gewesen. Aber Staub hatte Aurelias Gefühle für diesen stillen, seltsamen Jungen nie verstanden.

»Warum kannst du diesen Kerl nicht einfach gehen lassen, Feder? Er hat dich verletzt und hängenlassen. Gleich mehrmals. Er hat dich davon abgehalten, glücklich zu sein.«

Sie antwortete, ohne ihren Blick vom Meer zu lösen. »Ich konnte ihn sehen, wie er wirklich war. Tief unter seinen Ängsten und Zwängen. Ich konnte ihn sehen, wie Gott ihn sieht. Deshalb konnte ich nicht anders, als ihn zu lieben.«

Staub starrte aufs Meer. Und es verschwamm vor seinen Augen. Doch er griff nach Aurelias Hand, und Aurelia drückte die seine zur Antwort.

»Feder«, flüsterte er. »Liebste Feder.«

Und der Augenblick war gut.

Personen

Aurelia Feder ist die Hauptperson in der Geschichte. Sie wohnt in einem Steinturm am Meer und interessiert sich für skandinavische Literaturwissenschaft. Aber leider macht eine alte Angst ihr das Herz und das Leben schwer.

Professor Henri-Jonathan Staub war früher Aurelias Lehrer. Er ist in Aurelias Mutter verliebt, seit er ein Jahr alt war. Am liebsten mag er Bücher, Musik und seinen Enkel Frederik.

Die Kühe lassen sich nichts bieten. Wenn sie alle so hoch springen könnten wie die Zehnte, hätte die Sache mit dem Kirchenasyl nie passieren müssen.

Frederik Staub ist zwar schlecht darin, Dinge geheim zu halten, aber dafür gut darin, ein echter Freund zu sein. Außerdem stellt sich heraus, dass er es als Melker weit bringen könnte.

Pandora Muschel ist tierlieb und spontan. Sie liest viel, nimmt bei Frau Feder Klavierunterricht und hat lustige Tupfen auf der Nase.

Mama Muschel hieß früher Cornelia Wimmeknaus. Sie arbeitet als Vogelkundlerin, kann aber auch Sandalen aus einem Hunderachen befreien. So hat sie ihren dicksten Freund kennengelernt, und nur deshalb heißt sie jetzt Muschel statt Wimmeknaus.

Papa Muschel heißt Thomas, hat eine wunderschöne Stimme, ist tierlieb, einfühlsam und ein bisschen sentimental. Heimlich träumt er davon, Abenteuer zu erleben, wie damals, als er noch ein Junge war.

Kleiner Bruder Muschel träumt auch davon, Abenteuer zu erleben, ist jedoch immer für alles zu klein. Aber wartet nur, bis er seine eigene Bande gegründet hat!

Tante Rosemarie ist immer für Aurelia da. Sie war früher Ärztin und lebt in der großen Stadt, fährt aber gerne zu Aurelia ans Meer. Sie kocht und backt, dass man sich die Finger leckt, und schwärmt seit Langem ein bisschen für Professor Staub. Mit Tante Rosemarie ist alles viel schöner. Die Andere hat keinen Platz neben ihr.

Kurt-Ludwig ist ein fröhliches junges Wildschwein und gehört zu den größten Verehrern von Pandora Muschel.

Der Förster hat getan, was er konnte, und dann ein Auge zugedrückt. Kurt-Ludwig und Familie Muschel danken es ihm.

Kriemhild ist Muschels Glückskatze und die beste Freundin von Kurt-Ludwig.

Eine Kaninchenmutter und ihre sieben Jungen leben so vorbildlich und unauffällig in Muschels Garten, dass es eigentlich gar nichts von ihnen zu berichten gibt.

Der Wellensittich lauscht angestrengt, was Papa Muschel unter der Dusche singt, und rezitiert es dann als Gedicht.

Die Schildkröte ist oft wochenlang verschwunden und kommt dann mit gestohlenen Objekten nach Hause zurück. Hoffentlich wählt sie diese zumindest klug aus!

Der riesige Hund, der alles frisst, ist der eigentliche Held der Geschichte. Wenn er sich damals nicht an der Sandale verschluckt hätte, hätten sich Thomas Muschel und Cornelia Wimmeknaus nie kennengelernt. Dann gäbe es auch Pandora nicht, Frederik wäre nicht in Abteienmoor geblieben und niemand hätte die Kühe gerettet. Danke, riesiger Hund, dass du immer alles frisst!

Jolande Feder war Aurelias Mutter und die große Schwester von Tante Rosemarie. Professor Staub ist schon fast sein ganzes Leben lang in sie verliebt. Leider ist sie gestorben, als Aurelia noch klein war.

Thaddäus Feder war Aurelias Vater. Von ihm wissen wir fast nur, dass Professor Staub ihn nicht leiden konnte und dass er seiner Frau einen Rundflug über Südtirol geschenkt hat, den sie beide nicht überlebt haben. Aber Thaddäus hatte auch seine guten Seiten.

Marlena MacKenzie war die Äbtissin von Abteienmoor. Lennox MacKenzie rettet sie, als ihr Kloster in Flammen aufgeht. Die beiden heiraten und werden die Eltern von Jolande und Rosemarie MacKenzie, also die Großeltern von Aurelia Feder.

Lennox MacKenzie kommt eigentlich aus Schottland, fährt gerne Fahrrad und ist nicht bei der freiwilligen Feuerwehr. Wenn es hart auf hart kommt, greift er aber trotzdem beherzt ein. Für Marlena ist er sogar durchs Feuer gegangen.

Laurenz Hendersson ist der absolute Traummann und dazu noch weißblond. Das hat ihm allerdings nicht viel genützt, denn Aurelia hat ihn am Hochzeitstag allein im Standesamt stehen lassen.

Benedikt ist an allem schuld. Hätte er Aurelia an jenem Tag nicht mit ihrer Zahnlücke geärgert, hätte Diego sich nicht für sie einsetzen müssen. Dann hätte sie Diego bestimmt nicht weiter bemerkt, und der ganze Schlamassel wäre ihr erspart geblieben.

Diego Santorino de Silva war einige Zeit lang Aurelias bester Freund. Aber dann verlieben sich die beiden, und Diego bricht Aurelias Herz. Er meint es nicht böse, er ist einfach ein bisschen überfordert.

Ein paar junge Leute retten Aurelia und Diego aus dem Meer, lassen aber das selbstgebaute Floß achtlos davonschippern.

Diegos Vater kann leider nicht so gut mit Kindern umgehen.

Die Ordensschwestern haben in Abteienmoor gelebt, bis ihr Kloster abbrannte.

Großmutter Gerda war Professor Staubs Frau, beschloss jedoch, ihr Leben ohne ihn zu leben, als sie merkte, dass ihr sein

Herz nicht ganz gehörte. Sie ist auf Sardinien glücklich geworden – dort gibt es schließlich auch ein Meer.

Großmutter Gerdas vier beste Freundinnen haben die ganze Welt gesehen. Die meisten von ihnen haben eine Schwäche für Straßencafés, aber auf Sardinien ist keine von ihnen geblieben.

Hugo, der Tierarzt, kommt, sobald man ihn braucht, und behält stets die Nerven. Außerdem isst er gerne.

Die beste Freundin von Cornelia Wimmeknaus wollte unbedingt am Meer Urlaub machen und hat dadurch Cornelia nach Abteienmoor gebracht. Das Frühstück, auf das sie sich gefreut hat, hat sie leider nicht bekommen. Stattdessen wurde sie später Cornelias Trauzeugin sowie Patin von Muschels Kindern.

Frederiks Eltern sind netter und verständnisvoller, als man es auf den ersten Blick denken könnte. Schließlich sind sie mit Frederik und Professor Staub verwandt.

Der Metzger tut auch nur seinen Job. Ok. In diesem Fall tut er ihn nicht.

Der Kuhbauer wird am Ende der Geschichte unerwartet reich.

Der mit der Lichterkette gruselt sich ein wenig, als er den Tatort im Wald inspizieren soll.

Der mit der Lupe gruselt sich genauso sehr.

Die Lokalzeitung freut sich, dass es endlich einmal etwas Aufregendes zu berichten gibt.

Der Waldfestverein weiß gar nicht recht, was er von den Dinkelbrätlingen mit Rosenpfeffer halten soll.

Die Polizei hofft, dass sie es nicht mehr so bald mit Mama Muschel zu tun bekommt.

Alicia Hendersson ist glücklich mit Laurenz. Sie weiß, dass sie sich auf ihn verlassen kann, und ist deshalb nicht eifersüchtig auf Aurelia.

Zwei weißblonde Kinder verstehen nicht einmal annäherungsweise, was gerade passiert.

Die Andere ist eben die Andere ...

Nachweise

[1] Johann Gaudenz Salis-Seewis: »Bunt sind schon die Wälder.« 1782.

[2] Ebd.

[3] Kobi Yamada: *Vielleicht. Eine Geschichte über die unendlichen Begabungen in jedem von uns.* Berlin: Adrian Verlag. 2019.

[4] Heinz Lau (1925–1975): »Singt ein Vogel im Märzenwald.«

[5] James Watson 1711/Robert Burns (1759–1796): »For auld lang syne.«

[6] Volkslied »Und in dem Schneegebirge.« 18. Jahrhundert.

[7] Deutsches Volkslied »Ein Jäger längs dem Weiher ging.« 19. Jahrhundert.

[8] Kobi Yamada: *Vielleicht. Eine Geschichte über die unendlichen Begabungen in jedem von uns.* Berlin: Adrian Verlag. 2019.